El cielo de los leones

Seix Barral Biblioteca Breve

Ángeles Mastretta
El cielo de los leones

Colección: Biblioteca Breve

Portada: *Pierrot se va de farra* (1926) de Ernesto "El Chango" García Cabral
Realización de diseño de portada: Ana Paula Dávila
Fotografía de la autora: Dora Franco

© 2003, Ángeles Mastretta
Derechos exclusivos de edición en castellano reservados para
Cono Sur, Pacto Andino, México, Centroamérica y USA
© 2003, Editorial Planeta, S.A. – Barcelona, España

Primera edición (México): noviembre del 2003
ISBN: 968-6941-92-4

Impreso en los talleres de Litográfica Ingramex, S.A. de C.V.
Centeno núm. 162, colonia Granjas Esmeralda, México, D.F.
Impreso y hecho en México – *Printed and Made in Mexico*

www.editorialplaneta.com.mx

CALIDAD
ISO 9000
CERTIFICADA

Certificado No. 02-2082

Para Verónica, mi hermana:
testimonio del fuego

NO OIGO CANTAR A LAS RANAS

Hace tiempo que no oigo cantar a las ranas. El volcán enciende su fuego diario y no puedo mirarlo. El mundo que no atestiguo está vivo sin mí, para pesar mío. Mientras el campo revive en otras partes, yo amanezco en una ciudad hostil y peligrosa, desafiante y sin embargo entrañable.

Elegí vivir aquí, en el ombligo de mi país, en esta tierra sucia que acoge la nobleza y los sueños de seres extraordinarios. Aquí nacieron mis hijos, aquí sueña su padre, aquí he encontrado amores y me cobijan amigos imprescindibles. Aquí he inventado las historias de las que vivo, he reinventado la ciudad en que nací y ahora empiezo a temer la vejez no por lo que entraña de predecible decrepitud, sino por la amenaza que acarrea.

Aquí, este año, voy a cumplir cincuenta y siento a veces que la vida se angosta mientras dentro de mí crece a diario la ambición de vivir cien años para ver cómo sueñan los hombres en la mitad del siglo veintiuno, cómo lamentan o celebran su destino y cómo, de cualquier modo, se empeñan en trastocarlo. A mí me gusta el mundo, por eso quiero estarme en él cuanto tiempo sea posible, porque creo, como tantos, que sólo la vida existe, lo demás lo inventamos.

Para inventar, como para el amor y los desfalcos, es necesario estar vivos. Sabemos esto tan bien como sabemos de la muerte. La muerte que es sólo asunto de los vivos, delirio de los vivos.

Yo temo perder los mares y la piel de los otros, temo que un día no estaré para maldecir el aire turbio de las mañanas en la ciudad de México, temo por la luz que no veré en los ojos de mis nietos, temo olvidar los chocolates y los atardeceres, temo que no estaré para el temible día en que desaparezcan los libros, temo que no sabré de qué color es Marte, ni si lloverá en abril del dos mil sesenta. Por eso quiero cada minuto de mi vida y cada instante de las vidas ajenas que pesan en la mía.

Aún extraño a mi padre, a veces me pregunto qué será de él, aunque sé que una parte de la respuesta es mía, porque cada memoria es responsable del buen vivir de sus muertos. Extraño también a mis otros amores que se han ido, me pregunto si alguna vez conseguiré que alguien invoque mi presencia y me reviva, como yo los revivo a ellos, cualquier tarde en que el polvo que fui alborote su imaginación.

¿A qué viene todo esto? Dirán ustedes que ya tienen de sobra con el desacuerdo de los políticos, con las alzas y los malos augurios, como para que yo, que otra veces me propongo escribir en busca de un aire mejor, dé en usar este libro para exhibir un miedo tan poco original como el que sentimos por la muerte. Puede que tengan razón al molestarse, pero es que yo no he tenido otro remedio que traer a esta orilla mi zozobra.

Siempre que acaba un año nos morimos un poco, pero además el mes pasado, una tarde cualquiera, en la casa dichosa de una mujer febril como tarde de mayo, estando entonces ella enferma y yo sana, no tuvo mi cuerpo mejor ocurrencia que acudir a un desmayo para convocar el interés de lo que algunos llamarían mi alma y otros, menos poetas, mi cerebro.

Como me gusta jugar a ser heroína, me fui a un cuarto aislado para no dar molestias y ahí, sin más trámite que la sensación de que el piso se abría a mis pies mientras el corazón se me ponía en la boca, caí cuan corta soy. Minutos después, con la costilla como triturada, me arrastré hasta un sillón y volví a morirme un rato. Hasta entonces las chismosas que conversaban en el piso de abajo tuvieron a bien preguntarse qué sería de mí. Al subir me encontraron ida de su mundo, con los ojos en otra parte y no sé qué desconcierto entre los labios. Afligidas con mi aspecto agónico, me hablaron y jalonearon hasta que temblando volví del mundo raro en que me había perdido. Las miré un instante a ellas y al aire, como por primera vez. Un irse así, pero más largo, más para siempre, debía ser morirse.

Empujada al doctor por la preocupación ajena, pero segura de que mi desmayo era muy parecido a cualquiera de esos que en las novelas se resuelven con encontrar las sales, hablé más de un hora con un experto en síncope. Tras revisarme, él acordó con la doctora Sauri, un personaje cuya propensión médica no he podido sacar de mi entrecejo, que me hacía falta descanso y una pastilla encargada de bloquear la adrenalina beta para mantener en orden el ritmo cardiaco. Además, sería bueno saberlo, siempre que sintiera venir la certeza de ir a caerme, tendría que acostarme sin más donde estuviera: la mitad de la calle, un baile, el teatro, la conferencia, los aviones. Al acostarme, el corazón rejego volvería a enviarle sangre a mi cerebro y desaparecería el riesgo de perder la conciencia. No hay duda: todo lo bueno sucede al acostarse.

Con semejante receta y una "vida ordenada" que no pienso llevar, se evitan los desmayos y los sobresaltos, el cansancio injustificado y la propensión a andar por la vida como si el girar del planeta dependiera de nuestras emociones. Así las cosas, llevo un tiempo esperando que la acción de la píldora me cambie la personalidad y me convierta en la mujer que muchas veces finjo ser: una dama incólume, activa, sonriente, juvenil y perspicaz, en lugar de la señora que se arrastra desde las sábanas hasta los tenis lamentando siempre no haber dormido dos horas más, no tener quince años menos, no estar de humor para responder si sus personajes son simples mujeres inventadas por su delirio o feministas de los años setenta trasladadas a un contexto revolucionario y posrevolucionario mexicano. De momento, para qué presumir, todavía soy la misma, todavía me mareo en las mañanas y me urge una aspirina al mediodía, aún vuelvo de la diaria caminata como si el Everest quedara en Chapultepec, y lloro como quien canta cuando una amiga me cuenta sus pesares. Sin embargo, lejos estoy de haberme muerto. Y celebro la vida, como si hubiera presentido su pérdida. Es una maravilla estar de vuelta.

Sé que un célebre historiador y analista político por quien muchos sentimos reverencia me reprocha desde algún sitio en mi memoria que me haga cargo tan bien de la proclividad de los escritores a hablar de sí mismos. Por eso me alegró reencontrar unas frases con las que Borges y su cerebro genial vinieron en mi ayuda. En ellas me amparo esta vez. Dicen así: "Quiero dejar escrita una confesión, que al mismo tiempo será íntima y general, ya que las cosas que le ocurren a un hombre les ocurren a todos".

Pensemos que Borges quiso decir ser humano, que si le hubiera dado por ser políticamente correcto, cosa que bien sabemos le importó un diablo, así hubiera dicho. Permítaseme entonces asumir que también las cosas que le ocurren a una mujer les ocurren a todas. De donde la intimidad de mi privadísimo desmayo, de esa extraña sensación que es perderse la vida por un rato, puede dejar de ser sólo mía, sólo mi muy particular sentir, mi propio miedo, y hacerse acompañar por el miedo de todos a perder este mundo que a ratos se ilumina y a veces tiene fuego en las entrañas, prende los volcanes, pinta de amarillo la luna, tiñe de rojo el mar y nos deslumbra.

Con semejante miedo en la garganta, sé que será más fácil caminar por enero bendiciéndolo. Como hemos de morir alguna tarde, qué bueno es estar vivos ahora en la mañana y soñar con la luna de la semana próxima, con abril y las jacarandas, con julio y su cometa, con la lluvia de agosto y las palabras de Sabines, con octubre y los cincuenta, con diciembre y Cozumel, con el futuro como una invocación, y los años que la vida nos preste como un hechizo sin treguas.

EL ABUELO DEL SIGLO

Mi abuelo mexicano tenía siete años cuando empezó el mil novecientos. Murió a los ochenta y cuatro, con la misma paz y la misma alcurnia con que supo conducirse a lo largo del siglo. Le había tocado ver cambiar el mundo con tal rapidez que una parte de su vida y sus emociones dependía del gozo que le daban los descubrimientos sucediéndose como milagros.

Al principio del siglo, los científicos creían que todo lo que podía saberse de física se sabía ya. Sin embargo, en el intento por descifrar una de las escasas y pequeñas incógnitas que le quedaban a tal ciencia, surgieron la teoría de la relatividad y el genio de Einstein como una luz de bengala. A mi abuelo lo deslumbraba el siglo veinte. Tenía razones. Cuando él era niño no había en Puebla sino carros jalados por caballos y medicina de analgésicos lentos. Para mi abuelo, las aspirinas y los automóviles, ya no se diga los aviones, la televisión y los tocadiscos de alta fidelidad, eran lujos que gozaba, en lugar de un asunto del demonio, como lo vieron por la época tantos otros viejos. Quizá por eso, el siglo pasó por él manteniendo su espíritu inquieto y su confianza en los humanos tan brillantes como en su primera juventud. No tenía miedo: ni a los cambios, ni al elocuente futuro, ni al soberbio pasado. Con su misma pasión por los descubrimientos, la imaginería de los seres humanos, la precisa destreza de sus palabras quisiera yo envejecer como quien se hace joven.

Cuando apareció la primera máquina de escribir eléctrica, mi abuelo fue a comprarla como si se hubiera propuesto ser novelista. Y cuando supo que habían llegado al mercado las televisiones a color, fue por una y el domingo se bebió la corrida de toros, luminosa y vehemente como debía estarse viendo desde la barrera de la Plaza México ese diciembre.

Nunca se preguntó si había congruencia entre su arrebato por los hallazgos de la modernidad y su entrega a la ancestral locura de matar toros entre aplausos. Aún ahora, cuando pienso en Islero, el toro que acribilló a Manolete, me estremezco con el fervor de mi abuelo y no sé cómo deshacerme de la propensión a celebrar los delirios de la fiesta brava que me heredó su eterna idolatría por los toreros. Muchas veces, cuando le pido a la computadora que me dé entrada al Internet y sin más abro unas cartas entrañables, imagino el gozo que tal milagro hubiera provocado en mi abuelo, y en su nombre le hago una reverencia al mundo cibernético al que llegué a los cincuenta.

Cuando mi abuelo cumplió dieciséis años, su papá, que era otro ávido del mundanal ruido, tuvo a bien mandarlo a Chicago a estudiar para dentista. Ahí lavó trastes y ventanas mientras entendía el inglés y lo aceptaban en la universidad. Luego aprendió lo que los últimos adelantos de la medicina les enseñaban a los dentistas y, siete años más tarde, regresó a ganarse la vida recorriendo la sierra de Puebla en busca de la no muy difícil clientela que vivía encaramada entre cerros y nubes, lejos de cualquier adelanto, más aún de las manos prodigiosas y los delicados utensilios de un dentista que, por primera vez para ellos, no era también un peluquero. Un dentista que usaba guantes y los domingos practicaba el salto de garrocha en el mismísimo parque de Teziutlán por el que solía pasearse la joven de bordado sutil y francés aprendido en el colegio del Sagrado Corazón que cayó presa de su perfume y su extravagancia la primera tarde en que se cruzó con sus ojos.

Mi abuela tenía la mirada azul aguamarina, la nariz con la punta hacia arriba y el dedo meñique entrenado para sobresalir. Quizás fue la única debilidad por lo antiguo que estremeció a mi abuelo durante toda su vida. Esa especie de alhaja del diecinueve que decía a Amado Nervo ruborizándose. Memoriosa y beligerante, se casó con el dentista a pesar de las contrariedades que provocó en su madre y la desazón que puso en su padre. A ninguna de sus hermanas le fue mejor que a ella.

"¿Quién hubiera podido dar con un hombre más guapo?", se preguntaba desde su silla de ruedas el día en que cumplieron cincuenta años de casados. Le tenía devoción. Y sólo quiso amenazarlo con abandono un día en que él, inmerso como siempre en las buenaventuras del futuro, aceptó, como pago de una deuda, la verde franja frente al mar de unos terrenos en la entonces inhabitable bahía de Acapulco.

"Si no cobras en dinero, me voy con tus cinco hijos", dijo la abuela.

"Y en vez de dejarla ir con su ignorancia a cuestas, perdí el negocio del siglo", le contaba el abuelo a la niña estupefacta que era yo a los siete años. Caminábamos por el centro de la ciudad en busca de una tienda en la que comprar el mercurio con el que él hacía las amalgamas, tras regalarme una pequeña esfera de espejo que uno podía romper en decenas de pequeñísimas esferas y volver a reunir y volver a romper, en un juego sin tregua ni tedio.

El abuelo no creía en Dios y por lo mismo tampoco lo intimidaba el diablo. Sin embargo, no hacía proselitismo para contagiarnos su falta de fe y dejó a su señora esposa disponer en el ánimo y las creencias de toda la familia. De ahí que entonces todos fuéramos católicos y dedicáramos parte de las misas a rogar que el Espíritu Santo bajara sobre su desorientado corazón. Siempre pensé que debía tener motivos para dejarnos creer en la Divina Providencia, de cuyo cauce él vivía desprendido. Y cuando poco después de su muerte, a mí me abandonó la dulce fe en que me crecieron, y supe para siempre de la congoja que es vivir sin el diario sustento de la protección divina, entendí que sólo había caridad y resguardo en sus silencios y su juego:

—¿De dónde sacan ustedes que es más respetuoso comulgar en ayunas y después aplastar al cuerpo de Cristo con el chocolate y los tamales, en vez de comer bien primero y luego comulgar como quien le pone la cereza al pastel o acuesta al niño en una cuna blanda?

—No oigas las irreverencias de tu Tito —pedía mi abuela—. Sergio, eres un insensato.

—Nunca he pretendido otra cosa —contestaba el abuelo como quien encuentra un elogio.

Era un sueño ese abuelo. Nos sentaba alrededor de la mesa del desayuno y hacía concursos de todo. Ninguno tan frecuente como el que premiaba a quien consiguiera batir por más tiempo la mezcla de azúcar y café soluble que iba volviéndose blanca entre más durara la paciencia de quien la movía.

"La paciencia es un arte. Apréndanla, que premia siempre."

Y había que tener paciencia para esperarlo toda la jornada en el consultorio con tal de oír por la noche, camino de su casa, un cuento del "Caballo alas de oro".

El día en que vimos llegar el primer hombre a la impávida luna, lo pasamos oyendo el recuerdo de sus viajes en tren, en carretela, en barco, en autos a los que había que darles cuerda y aviones que parecían de papel. Luego, frente a la televisión, su silencio reverencial fue de tal modo elocuente que nadie se atrevió a interrumpirlo.

"Hemos pisado la luna, que era sólo para soñarla. ¡Qué maravilla!", celebró. Después fue hasta el jardín en busca de una caja con hormigas caminando sobre la arena que había traído del campo esa mañana. "Habría que dejarlas pasearse por un pedazo de queso y preguntarles qué sienten."

Siempre fue un atleta, y hasta el final conservó los brazos fuertes y los hombros erguidos. Tenía un andar fácil y una curiosidad sin rivales. Nadie como él para oír penas de amores y convertirlas en olvido. El recuerdo de sus abrazos largos aún me alegra en mitad de una tarde, muchos años después de haberlo visto cabalgar entre palmeras, seguro de que no tenía ochenta años, mientras se empeñaba en hacerme entender que lo importante es la llama, no el bien amado.

"La gente siempre irá y vendrá como le parezca. Tú quédate contigo. En paz y sin agravios. Verás que viene mejor de lo que se va."

Nos vio crecer como quien nos veía irnos. Sin alterarse ni exigir más presencia de la que íbamos dándole.

"Los nietos son como veleros. Nada más les pega el aire y desaparecen."

Volvíamos a conversar en el cuarto azul que mi abuela convirtió en su recinto y al que el abuelo entraba y salía, incapaz de quedarse quieto mucho tiempo.

"Juéguenle una canasta a su Mané mientras voy a hacer unos negocitos", pedía, liberándose del ajedrez.

Mi abuela llevaba veinte años paralítica y no recuerdo haberle oído una queja. Pero su valor será recuento de otro día. Hoy trato del abuelo y he de decir que tampoco me acuerdo de haberle oído una queja. Lo cual resulta otro prodigio, si uno piensa que la mayoría de los hombres se ponen de muerte cuando a su mujer le da un catarro.

Acostumbrados a desgranar nuestras obsesiones en presencia del abuelo, que no entendía de juicios y prejuicios, quién sabe cómo, durante aquella célebre canasta, sembramos en Mané, como desde niña se llamó a sí misma nuestra abuela, una duda ineludible en torno al uso y desuso de la palabra orgasmo.

"Canasta de sietes", dijo la abuela, y el juego siguió como si nada.

"¿Ustedes por qué le andan hablando de tecnicismos a Mané?", preguntó el abuelo. "Que no sepa el nombre de una sonata no quiere decir que no la haya tocado bien. Estén tranquilas."

"Nunca he tocado una sonata. No las engañes", dijo Mané.

"No las engaño, María Luisa. Ten por seguro que las desengaño. Creen que son las primeras en vivir. Y no. O quizás sí. Pensándolo bien, uno siempre es el primero en vivir. No estoy yo para decirlo, pero me siento el primer hombre que llega a viejo y padece nostalgia. Entre otras cosas, de esa música. Así que a buscarla niñas, que hay menos tiempo y menos vida de lo que piensan."

Cuánta razón tenía, me digo ahora que ando siempre litigando con los minutos, pidiéndole a la noche que no me toque el sueño, buscando como quien borda estar en paz conmigo, con el año dos mil, con mis amores. Y cuánta suerte tuve yo de verlo tantos años, preso en la vida como en un enigma, dispuesto siempre al gozo de estar vivo por encima de cualquier contrariedad, cualquier milagro, cualquier abismo, cualquier luna.

LA CASA DE MANÉ

Sentados en la banca del desayunador oíamos al abuelo contar la historia del caballo alas de oro, mientras Mané cocinaba huevos con epazote para todos. Nos gustaba pasar ahí la noche: cada cosa estaba llena de pequeñas magias y secretos. El cuarto del abuelo tenía una ventanita que daba al baño de atrás, la recámara de Mané una puerta en la duela por la que podíamos bajar al sótano. En el corredor había un cuartito del que todas las mañanas salía la ropa sucia. Mané la contaba y la distribuía en el tiempo de la lavandera en turno. Mi abuela nunca pudo lograr que el turno durara más de quince días.

Tenía los ojos claros y la nariz respingada, la boca todavía coqueta, la contumacia dirigiendo cada pedazo de su vida. Pasó veinte años en silla de ruedas y consiguió que a todos se nos olvidara su pena, incluso a ella.

Mané fingía ser una niña medio ingenua, muy consentida y simpática, pero tenía menos temor y más certezas que toda la familia. Cuando recordaba los poemas que había aprendido setenta años antes, en el colegio, era imposible no besarla como a una hija, aunque fuera mi abuela.

Le gustaba mirar fotografías, decir que iba a morirse en dos semanas y hacer planes para los siguientes diez años. Le gustaba conversar y preguntarme todo lo que yo hacía en México, la ciudad que a ella le resultaba incomprensible y brutal. Mientras, dibujaba flores o grecas o círculos con un lápiz que siempre tenía en su mano, cerca de un anillo en forma de pepita que su madre compró hará ciento veinte años en ochenta pesos.

Arriba del ropero siempre había unos dulces que le gustaba repartir entre quienes la visitaran. Adentro, sobre los entrepaños, todo estaba puesto en cajas de colores que ella me pedía desde el cuarto vecino como si las estuviera viendo: "Haz favor de traerme la cajita roja con un dibujo dorado que está entre una de flores y una azul claro".

De ahí sacaba las chácharas más extravagantes, los sobres más amarillentos, las fotos más entretenidas.

El billar estaba subiendo una larga escalera de piedra. Era el refugio del abuelo. Ahí, cuando él murió, mi abuela siguió creyendo que aún vivía. Entre los libros más locos y los animales disecados, estaba la enorme mesa verde sobre la que él planeaba carambolas perfectas que después fallaba sin ninguna decepción. Parecía como si se hubiera ido nada más un ratito.

En el sótano hubo siempre toda clase de tiliches que fueron desapareciendo junto con la imaginación que me hacía verlos fantásticos. Sin embargo, al final encontré cuatro sillas que pertenecieron a mi bisabuela y que Mané me regaló como una herencia perfecta. Están viejísimas, a cada rato se les rompe una pata o el mimbre, pero las compongo porque necesito saber que su larga vejez vive aún alrededor de la mesa sobre la que va y viene nuestra vida. Cuatro sillas como cuatro presencias de un pasado en el que tuve sitio. Cuatro sillas como cuatro certezas, cuatro buenos deseos, cuatro esperanzas, cuatro miedos cuidadosamente tallados en madera.

Aquel día besé a Mané por el regalo y hoy a mi hija que estuvo a punto de caerse con tal de no tirar a la basura mi regalo.

—¿Cuántos años tienen estas sillas? —preguntó con la pata en la mano.

—Como ciento veintidós —digo.

—¿Y hasta cuándo vamos a usarlas?

—No sé. Hasta que se rompan para siempre —digo, pensando en que eso diría mi abuela. Segura de que lo suyo no se averiaba jamás. Ni sus cosas, ni su corazón, ni el destino de su nieta llevándole la contraria en todo mientras a todo le decía que sí.

NO TEMAS AL INSTANTE

Caminando en una playa del Caribe mexicano, bajo la noche impredecible y acogedora, acompañada por el recuerdo de una estrella que al ceder la tarde irrumpió en el violeta del cielo dispuesta a dar un deseo a quien se lo pidiera con fervor, tuve la clara sensación de que el mundo puede ser cruel mil veces, porque a cambio nos deslumbra otras tantas.

El mar abierto, junto al que caminábamos, había tenido una mañana de paz inusual en esa zona que suele mostrar olas embravecidas, olas capaces de convertir en peces a simples amantes. Esa noche seguía, como durante la mañana, más tibio que arisco, más callado que enardecido, pero yendo y viniendo sin tregua, porque así va el mar siempre: calmo, fiero, pero nunca quieto.

No pudimos quedarnos sólo viéndolo, mirarlo era sentirse convocados. Así que a la vera de una casa dejamos la ropa y corrimos al agua como si no lleváramos medio día dentro. Fue entonces, al detenerme a desatar la traba de mi sandalia, cuando leí la cita que los dueños de la casa inscribieron sobre su pared: "No temas al instante, dice la voz de lo eterno".

Alrededor estaba oscuro y aun así el agua se empeñaba en el brillo turquesa de sus pliegues, en la eterna voz de su ir y venir.

Hace rato, mucho rato que no soy adolescente, y sin embargo siempre vuelvo a serlo cuando corro al encuentro con el mar. Entonces, como ellos, como los hermosos y desgarrados niños que han dejado de serlo, no le temo al instante: lo venero, me apasiona, me deslumbra, me reta.

En momentos así, creo entender con nitidez el valor, el deleite y la fuerza con que mis hijos y su juventud se meten en las noches de la ciudad de México como quien entra en la paz de una fuente. O salen a la carretera oscura tras bailar hasta la madrugada, o caminan junto al precipicio del desamor, o se abrazan como si nunca fueran a perderse. Desconocen el miedo, los deslumbra y apasiona el mundo. Como nos sucedió a nosotros tantas veces. Y no hay desencanto que los arredre, ni quemazón que los ahuyente, ni mar que no los encandile.

Creo que ir hacia el año nuevo, el siglo nuevo, el nuevo milenio, libres de tan presos en el valor de cada instante, puede ser la mejor manera de sobrevivir al agobio de todos los significados que hemos puesto en la llegada de los próximos días. Si el tiempo lo inventamos los humanos, podemos escondernos de su cuenta obsesiva y concentrar nuestras fuerzas, nuestro talento, nuestro imprescindible valor, en la emoción que debería darnos cada instante de vida.

¿Qué va a ser de nosotros el próximo milenio? No sé.

No sabemos. Sabemos sí que el milenio entero estará hecho de instantes, que nuestras vidas, frente a la eternidad del mar o los volcanes, son un instante al que debemos entregarnos sin reticencia, sin temor, ávidos y esperanzados como peces, como amantes, como niños que apenas hace poco lo eran.

ENTRE LO INVEROSÍMIL Y CATEDRAL

Era hermana de mi abuela, tía de mi madre y una feria para mí. Hace unos días la recordé sin saber cómo, en mitad de la tarde, a propósito de las películas tristes. Era la hermana menor de mi abuela materna. Se llamaba Elena, tenía los ojos inquietos y pequeños, verdes o azules según la intensidad de sus mañanas. No sabía estarse quieta. Andaba siempre moviendo de un lado para otro su cuerpo bajito, de grandes pechos blancos y ninguna cintura. Sonreía como una diosa complaciente y lloraba con la misma naturalidad con que otros respiran. Su piel era tan blanca que cualquiera habría podido creerla una escandinava nacida en México para ventura de su índole friolenta. Por lo mismo, las partes de su piel alcanzadas sin más por nuestro sol eran de un rojo ardiente como la voz con que ella podía hablar del amor o sus pesares. Siempre supe que ella no le tenía miedo a la vida y tal vez por eso me alegraba caminar a su lado cuando era posible. Ninguna maravilla mejor encontrada que su persona yendo a toda prisa por el centro de la ciudad. Yo salía a las compras con mi madre esperando al azar descubrir su pequeña estampa al torcer una esquina. Nos besaba rápido para no interrumpir la conversación que había iniciado apenas al vernos. Hablaba a una velocidad imposible sin encimar las palabras ni confundirse, acudiendo cada tres frases al Sagrado Corazón de Jesús y a los milagros que esperaba de su radiante y divina prodigalidad. Ni sus penurias económicas, ni el lejano destino laboral de su esposo podrían resolverse sino viniendo de Él. Le había encomendado nada menos que la solución de sus problemas. Pero tampoco era tanto, bastaba con que por fin saliera premiado en la lotería el número que ella compraba todas las semanas, con los únicos pesos que podía ahorrar.

"¿Quieres venir al cine y a dormir en mi casa?" Era la pregunta que yo esperaba entre las muchas que hacía y las tantas respuestas que por sí misma les encontraba. "Claro que quieres ¿verdad? Están dando una película buenísima. Se llora desde el principio hasta el final."

Y claro que yo quería. Seguirla era ir tras la promesa de una feria íntima, en la que mis once años eran tomados en cuenta como si fueran veintinueve, y mi talento para escuchar historias desafiado como si en novelista debiera convertirme al día siguiente. En su casa yo no era una entre cinco hijos, o entre veinte primos o entre doscientas condiscípulas. Yo era la otra de una pareja capaz de encaramarse a las nubes de cuanto imposible cruzaba por su rubia cabeza. Yo era la importante mitad de los mil sueños que ella tejía mientras preparaba la merienda o se iba poniendo el delgado camisón de encaje que la hacía pasar de ser una mujer vestida sin ninguna pretensión, a ser la reina incandescente de su recámara. Medio cuerpo de fuera, toda el alma enardecida como la de una adolescente.

En la familia era tan querida como indescifrable, justo por la calidad intensa y compleja de sus emociones. Nadie a su alrededor parecía capaz de permitirse una gama tan ardua de sentimientos desconocidos. Nadie sino ella. Por eso la quise yo como quien quiere lo inaudito, y la quisieron todos como quien cree en lo increíble.

En cuanto yo escuchaba su invitación, abandonaba la vera de mi madre y me ponía a su lado dispuesta a irme de viaje a la Tres poniente, a una casa de apartamentos cuya puerta de hierro negro entreverada de cristales, cruzábamos sin aliento tras haber ido de la iglesia a la panadería, pasando por un cine en el que siempre dábamos con una película "de llorar". Junto a ella vi más de cinco veces *An affair to remember, Ben Hur* y *Violetas imperiales.* Todas las de Sarita Montiel y la serie de tres sobre Elizabeth de Baviera, "Sissi" para nosotros, y Romy Schneider para los entendidos. Cualquier película en que pudiese llorar desde casi el principio hasta después del final. Cualquiera sobre grandes amores imposibles o certeras jugadas del destino. Cualquiera que le diese pretexto para soltar su llanto por la temprana muerte de sus padres, la pérdida de su casa en la colonia Roma, la despiadada juventud que no la condujo al matrimonio sino hasta los cuarenta años, la variable y aún intensa calidad de sus deseos, la nostalgia infinita por su marido que vivía en el Norte y hasta la dicha diaria de haber crecido bien a su hijo Alejandro, un hermoso y delgado muchacho de ojos grandes que estudiaba el segundo año de contaduría.

Era siempre una emoción nueva hacer con ella el recorrido al cine. Una vez a su lado, me despedía de mi madre y de la realidad y la emprendíamos por las calles del centro como por el patio de su casa. Usaba unos zapatos con agujerito en la punta y plataforma corrida que habían estado de moda tres años antes de que yo naciera, pero que hacían un perfecto juego con sus vestidos a media pierna y sus faldas amplias. Ir de su mano por la ciudad antigua era como meterse a una zarzuela, como viajar al pasado sin haberse movido de mil novecientos sesenta y las mismas diez calles alrededor de catedral. Quién sabe cómo se las arreglaría para ser amiga de todos los tenderos, para coincidir con varias comadres y detenerse a comprar golosinas y pan dulce en unas cantidades seguramente emparentadas con mi actual vocación por el derroche, siempre que de comprar comida se trata.

Dinero tenía poco en su pequeña faltriquera negra, pero lo iba dejando todo en el camino. Cuando volvíamos a su casa con la leche y la bolsa de pan, el envoltorio con almendras y chocolate, los cigarros, una revista de cuentos y el billete de vigésimo para la lotería de esa noche, nadie hubiera podido sentirse más rico que nosotros.

En cuanto entrábamos a su casa por la puerta de la cocina, ponía a cocer unas salchichas con las que preparaba los más deliciosos hot dogs que niño alguno haya probado. A mí me fascinaban desde la época en que ella había tenido una pequeña tienda llamada "El caracolito", donde vendía comida y billetes de lotería, que yo nunca supe por qué ni cómo dejó de tener. Tras la merienda, que recuerdo como una celebración religiosa porque para ella guisar y comer eran como decir una plegaria, iba con sus pasos cortos y rápidos hasta la imagen del Sagrado Corazón que tenía en el corredor. Bajaba una veladora ya lánguida de la repisa sobre la que imperaba la figura del único Dios en que creían sus ojos, y la cambiaba por una nueva que encendía con los mismos cerillos con que más tarde iba encendiendo los cigarros que fumaba antes de irnos a la cama. Decía "La Magnífica" con una fe cuyo sonido aún me estremece y se ponía en manos de la Divina Providencia como quien se entrega a una pasión sin límites.

Luego nos metíamos en su cama y yo quedaba junto a ella, contagiada por su falta de orden y su gozo infantil, como dentro de una fiesta. La suya había sido una larguísima y ardua jornada. Trabajaba como mecanógrafa en el noveno piso de una oficina de gobierno que no tenía elevadores. Y dada su perenne inquietud, su urgencia de conversación, aire libre y cigarros, no sólo copiaba cuartillas con una rapidez de vértigo sino que descendía y remontaba varias veces, durante las ocho horas de trabajo, los nueve pisos de aquellas oficinas.

"Estoy muerta", decía, encendiendo el último cigarro de la noche, recargada la espalda en la cabecera.

"¿Cómo llegaron tus abuelos a Campeche?" o "¿Cuál era tu lugar preferido en los alrededores de Teziutlán?" o "¿Por qué vendiste el entero de la lotería?", le preguntaba yo para desatar con algo cualquier recuerdo suyo. Porque cualquiera venía ensartado con otros y cualquiera tenía una colección de anécdotas en torno a las cuales desvelarse. Entonces ella se iba por el mar Caribe en el barco que trajo a los Lanz a México, o me llevaba hasta la cumbre de un cerrito nublado, en la sierra de Puebla, que a ella le gustaba escalar mientras comía pepitas de calabaza recién doradas en el horno de su madre. Con frecuencia se echaba a llorar, como una liebre corre, tras la memoria del ingrato atardecer en que habiéndose ganado en un rifa de lotería el entero más caro de la historia, no fue capaz de venderlo confiada en que la mano de la Divina Providencia estaba dándole desde ya el premio mayor.

Nadie sabe nunca lo que pretende la Divina Providencia —decía—. Me dio el verbo, pero no el sustantivo. Confiando en su mano, guardé el billete completo a pesar de que tus tíos me pedían que lo vendiera y me quedara con los mil pesos de su precio. Pero creyendo yo que el Sagrado Corazón me había mandado el entero para mandarme luego el premio, lo guardé. Lo guardé para ganarme los millones con los que hubiéramos ido de viaje a Europa, y hubiéramos comprado la casita en la avenida de la Paz, y le hubiera yo puesto un negocito a tu tío Rafael para que pudiera venirse a vivir a Puebla y a dormir aquí en su cama junto a la pobre de tu tía Nena que esto te cuenta para contentarse y que, por andar imaginándose que eran más amplios los designios de la Providencia, se quedó un mes enferma del hígado. "Porque un mes estuve grave, pero grave, mijita. Del coraje y de la pena que no se van sino con tiempo. Con tiempo y lágrimas —decía, llorando luego sin alarde y sin ruido como quien sonríe—. ¿Quién entiende a la Divina Providencia? Nadie. Nadie."

Yo la acompañaba en su relato acariciando la mano

en que ella no tenía cigarro. No era piedad, ni lástima, ni pesadumbre lo que daban sus lágrimas. Era una sensación de entereza, de invulnerable lucidez, de sabiduría sin alardes, la que ella toda contagiaba al ir viviendo así, tan a la intemperie y tan a buen resguardo. Luego de oírla me quedaba dormida en su regazo tibio y amplio, dueña de una paz que sólo podía venir de tan buen cobijo. Abría los ojos hasta la mañana siguiente, cuando ella estiraba la mano para prender su lámpara y me anunciaba que desde hacía un buen rato la luz se había filtrado entre los oscuros de madera. Iba a ser hora de levantarse. A tientas buscaba el botón que encendía su lámpara y la cajetilla de cigarros. Cogía uno y se incorporaba a encenderlo, mientras el camisón se le torcía dejando buena parte de sus pechos al aire como una provocación.

"¿Quién entiende a la Divina Providencia? —preguntaba—. ¿Habrá quién la entienda?"

Después le daba cinco largas fumadas a su cigarro y saltaba de la cama con sus sesenta años anhelantes como debieron serlo sus diecinueve, esgrimiendo en su persona las dos mitades de humanidad en que según un personaje de Oscar Wilde se divide el mundo: "los que creen lo increíble y los que hacen lo inverosímil...".

"¿Un chocolate con panqué?" —decía, caminando descalza hacia la cocina.

Yo me quedaba otro momento en la cama y la oía detenerse en el corredor frente a la imagen, revisar la veladora y decir:

"Buenos días, Sagrado Corazón. ¿Hoy me vas a hacer el milagro? ¿O piensas seguir sin hacerme ningún caso? Como tú quieras. Siempre es como tú quieres. ¿Qué remedio? Yo por eso me voy a trabajar ahorita mismo, porque con algo hay que pagar el llanto. El cine cuesta, Sagrado Corazón. Aunque tú no lo creas, el cine cuesta. Llorar bien, cuesta. Todo cuesta, Sagrado Corazón. Me lo quieras creer o no. Todo cuesta. Hasta rezar el Credo cuesta, Sagrado Corazón. Buenos días."

SI SOBREVIVES, CANTA

Aún guardo el encanto de la primera vez que lo vi. Guardo sus ojos claros, su risa iluminada.

Era un encuentro con mucha gente, en un jardín grande. Él estaba al fondo, bebiendo y conversando entre un grupo de hombres. Entonces yo tenía menos años y menos temor a mis emociones del que ahora tengo. Así que caminé hacia su cuerpo y me incliné hasta quedar a sus pies.

Con el pudor del que no acierta a entender la devoción que provoca, Jaime Sabines dijo cinco palabras que no olvido.

Cuando le pedí que me las regalara para ponerlas al principio de un cuento, sonrió como si le pidiera yo un pedazo de aire y me las regaló. Creo que nos hicimos amigos. Pero no sé. Temo que él me dijera:

Dentro de poco vas a ofrecer estas páginas a los desconocidos como si extendieras en la mano un manojo de yerbas que tú cortaste.

Dices que eres poeta porque no tienes el pudor necesario del silencio.

¡Bien te vaya ladrón, con lo que le robas a tu dolor y a tus amores!

¡A ver qué imagen haces de ti mismo con los pedazos que recoges de tu sombra!

Volvíamos a encontrarnos cuando la vida lo permitía. Y siempre, pero siempre, algo me regalaba. Una vez me contó la historia de su madre, recién enamorada de su padre, llegando a dormir a un cuartel entre soldaderas estridentes y soldados maltrechos. Apenas hacía días, señorita de lujo y esmeros, había amanecido enamorada en un catre de campaña entre dos cortinas, y escuchó sobre los gallos a una mujer gritarle al hombre con el que había dormido: "Oye cabrón, quítame de aquí estos miados".

A ella la estremeció semejante lugar, pero lo había dejado todo para casarse con un libanés que huyendo de la guerra y la pobreza de su país llegó a México y se hizo a nuestra guerra hasta terminar convertido en jefe de un regimiento. No le quedaba más que seguirlo y ni tembló.

—¡Qué historia! —opiné como quien habla para sí.

—Te la regalo —dijo él—. Yo no escribo novelas.

Tiempo después, lo llamé para decirle que la usaría en un libro.

—Si es tuya —contestó sin más.

Jaime tuvo siempre trabajos para dar y repartir. Estudió medicina y vivió de todos modos, incluso como vendedor. Siempre, por sobre cualquier cosa, escribía de madrugada, fumando y haciéndose las preguntas que aún nos resuelve.

La siguiente vez que lo encontré fue en el teatro de Bellas Artes, bajo los claveles, una noche radiante y memorable.

Para entrar a verlo hicimos una fila larguísima, ordenada y en silencio. Cuando se abrió el telón y ahí estaba él, de pie, con sus setenta años de penas y sabiduría, con su perfecta sencillez a cuestas, con su valor entero, le aplaudimos hasta hacerlo decir:

"Éstos son aplausos que lo lastiman a uno."

Luego, sin más, se puso a leer y nos leyó todo cuanto pudo y le pedimos: "Lento, amargo animal / que soy, que he sido, / amargo desde el nudo de polvo y agua y viento...".

Como si él fuera un juglar y no el poeta sofisticadísimo que era, nos sabíamos sus palabras y las íbamos diciendo con él, adelantándonos a veces, igual que hacen algunos cuando rezan y otros cuando cantan.

Al terminar le aventamos flores gritándole hasta quedar en paz y dejarlo extenuado. No quiero nunca olvidar esa noche.

Al poco tiempo estuvo en el hospital. Fui a verlo. Mientras conversábamos quiso fumar a escondidas y me pidió que abriera la ventana. Lo habían puesto en un cuarto para él solo y lo cuidaban bien, por más que de tan poco sirviera.

"No quieren que fume. ¿Para qué disgustarlos?", dijo.

"¿Qué otra cosa sino este cuerpo soy / alquilado a la muerte por unos cuantos años? / Cuerpo lleno de aire y de palabras, / Sólo puente entre el cielo y la tierra."

Cuando mejoró comimos juntos en una casa con manzanas y música. Ya para entonces se había hecho de unos cigarros de plástico con sabor a limón que guardaba en la bolsa de su traje y sacaba de vez en cuando para estarlos acariciando o chuparlos un rato. Me regaló uno y nos tomaron una foto. La tengo en mi estudio, al lado de la cajita en que guardo el cigarro de mentiras. Jaime había ido a Coahuila la semana anterior.

"Esa catedral tiene una torre, que dan ganas de traérsela en el bolsillo", dijo.

Decía cosas así.

Otro día nos reunimos con varios amigos célebres. Sabines hizo la tarde leyendo sus poemas como si estuviéramos en una cantina y él tuviera veinte años y nadie supiera de su nombre y él no supiera de la fama y el nombre de los otros.

"¡Si uno pudiera encontrar lo qué hay que decir cuando todas las palabras se han levantado del campo como palomas asustadas!"

Leyó largo rato.

"¿En qué lugar, en dónde, a qué deshoras / me dirás que te amo? Esto es urgente / porque la eternidad se nos acaba."

Al anochecer estaba cansado y lo dejamos ir como quien ve irse al fuego.

Yo no volví a verlo, pero dejé en el coche su voz puesta en el tocadiscos hasta que el hombre que se hace cargo del volante, como de las riendas de un burro necio, empezó a declamar un desorden. "Me hablas de cosas que sólo tu madrugada conoce, / de formas que sólo tu sueño ha visto."

A los pocos meses, una mujer inolvidable como el mismo Sabines, tomó de la mano la última noche de su vida y tras sonreír como nadie podrá volver a hacerlo, nos arrastró hasta la cubierta del barco en que viajábamos. La media luna del oriente iluminaba el aire y al conjuro del rigor con que ella sabía desvelarse, como quien teje en la oscuridad el deseo de alargar los días, nos sentamos a sentir la vigilia igual que una oración mientras oíamos a Sabines. A él le hubiera gustado saber que ella eligió su voz para cursar por el último de los mil sueños que cruzó despierta. Yo no alcancé a contárselo.

Al poco tiempo fui a despedirme de él a su velorio lleno de gente desolada. Abracé a sus hijos como si fueran mis hermanos, besé la caja de madera que guardaba sus huesos y agradecí el privilegio de haberlo visto vivir en el mismo siglo que yo.

Como el agua, Jaime Sabines pertenece a cada de uno de nosotros con una naturalidad que resulta única. En México sus libros se cargan y se leen como amuletos. Lo hemos querido de mil modos, cada quien a su modo, cada uno como nadie. A cada cual Sabines le ha dicho cosas como escritas nada más para sus ojos, para su exacta pena y su alegría. Por eso todos creemos que es más nuestro que de ningún otro. Y hemos oído a solas:

> *Lo que soñaste anoche,*
> *lo que quieres, está*
> *tan cerca de tus manos, tan imposible*
> *como tu corazón,*
> *tan difícil como apretar tu corazón.*

Decimos a Sabines a media noche y de madrugada, toda una tarde y toda una semana. Llevamos y traemos sus libros como el testamento que nos explica de qué se trata el milagro de estar vivos. Y de casi cualquier mal nos alivia leer:

> *Si sobrevives, si persistes, canta,*
> *sueña, emborráchate.*
> *Es el tiempo del frío: ama,*
> *apresúrate. El viento de las horas*
> *barre las calles, los caminos.*
> *Los árboles esperan: tú no esperes,*
> *Éste es el tiempo de vivir, el único.*

Jaime Sabines. Poeta. 1926-1999.

VALIENTES Y DESAFORADAS

Ella aún recuerda con ahínco la tarde en que bajó de un paraíso contando la inaudita historia de amor que dos pájaros tenían en el alero de una casa. Bajó por una larga escalera que fue acortándose mientras oía sus palabras. Iba abrazada de alguien como van abrazados quienes saben que el mar podría abrirse a su paso. No le temía a la nada en ese instante, ni buscaba el futuro como se busca el pan. Sólo venía de un cielo que ella había conquistado y hablaba de dos pájaros como quien teje sueños al escucharse hablar.

La escalera que recogió sus pasos de entonces terminaba en el quicio de una puerta cerrada, que ella tuvo que abrir con las únicas armas que tenía entre las manos. Las puertas que bajan del cielo se abren sólo por dentro. Para cruzarlas, es necesario haber ido antes al otro lado con la imaginación y los deseos.

Así lo hizo aquella tarde la mujer que hoy recuerdo y así tendremos que seguir haciéndolo, cada día nuestro, todas las mujeres. Después uno va y viene por el umbral como si fuera un pájaro, sin dejarse pensar ni cuándo ni hasta cuándo volverá hasta el alero que ha cobijado las migas de su eternidad. Sin miedo, o mejor dicho, aptas para desafiar a diario los miedos que les cierren el camino.

Se necesita valentía para cruzar cualquiera de los umbrales con que tropezamos las mujeres en el momento de decidir a quién amamos o a quiénes amamos y cómo, rompiendo con qué enseñanzas atávicas, qué hacemos con nuestros embarazos, qué trabajo nos damos, qué opción de vida preferimos o incluso en qué tono hablamos con los otros, de qué modo crecemos a nuestros hijos, si tenemos o no tenemos hijos, qué conversamos, qué no nos callamos, qué defendemos.

Yo creo que una buena dosis de la esencia de este valor imprescindible tiene que ver, aunque no lo sepa o no quiera aceptarlo un grupo grande de mujeres, con las teorías y la práctica de una corriente del pensamiento y de la acción política que se llama feminismo.

Saber estar a solas con la parte de nosotros que nos conoce voces que nunca imaginamos, sueños que nunca aceptamos, paz que nunca llega, es un privilegio de la estirpe de los milagros. Yo creo que ese privilegio, a mí y a otras mujeres, nos lo dio el feminismo que corría por el aire en los primeros años setenta. Al igual que nos dio la posibilidad y las fuerzas para saber estar con otros sin perder la índole de nuestras convicciones. Entonces, como ahora, yo quería ir al paraíso del amor y sus desfalcos, pero también quería volver de ahí dueña de mí, de mis pies y mis brazos, mi desafuero y mi cabeza. Y poco de esos deseos hubiera sido posible sin la voz, terca y

46

generosa, del feminismo. No sólo de su existencia, sino de su complicidad y de su apoyo.

La política y el muchas veces inhóspito mundo de los hombres me resultaron aceptables y hasta me sentí capaz de entenderlos gracias a las tesis del feminismo, a la presencia clave de mujeres que dedicaron y dedican su vida a explicar y defender las diferencias y audacias que se valen en el mundo de las mujeres.

Toda mujer que pierde el miedo a cruzar la puerta de otros paraísos sabiendo que para volver a la inevitable tierra de todos hay que ser valiente, es una mujer feminista. Aunque no se considere una militante, aunque no pregone su filiación, es una feminista.

Aprender a mirar el mundo con generosidad y alegría es un sueño cuya ambición vale la pena. Un sueño y un privilegio que yo asocio mil veces en mi vida diaria a la benéfica aparición de las ideas, los sueños y desafueros del feminismo.

Vivimos en un mundo casi siempre más dispuesto a fomentar la desesperanza y el tedio que la paz interior, la serenidad y la precisa pasión por aquello que nos deslumbra. De ahí que me parezca un prodigio haber dado con una teoría dispuesta a cultivar en las mujeres el impulso de abrir los ojos y las manos a la maravilla diaria que puede ser la vida. La vida que se sabe riesgosa y ardua, pero propia.

Darle al espíritu el lujo de crecer no sólo sin temor sino con audacia es un aprendizaje y no el más común, pero sí el más crucial. Un aprendizaje que también es necesario fomentar en los hombres, pero que según mis ojos, en las mujeres ha sido fomentado de modo excepcional por el feminismo, en cualquiera de sus manifestaciones. Incluso, me atrevo a decir, el de las abuelas o las madres que sin ninguna teoría compleja quisieron libertad y valor para sus cuerpos y sus vidas, y se empeñaron en conseguirlos.

Educar seres humanos valientes, dueños de su destino, tendría que ser la búsqueda y el propósito primero de nuestra sociedad. Pero no siempre lo es. Empeñarse en la formación de mujeres cuyo privilegio, al parejo del de los hombres, sea no temerle a la vida y por lo mismo estar siempre dispuestas a comprenderla y aceptarla con entereza es un anhelo esencial. Creo que este anhelo estuvo y sigue estando en el corazón del feminismo. No sólo como una teoría que busca mujeres audaces, sino como una práctica que pretende de los hombres el fundamental acto de valor que hay en aceptar a las mujeres como seres humanos libres, dueñas de su destino, aptas para ganarse la vida y para gozarla sin que su condición sexual se los impida.

LO CÁLIDO

Me encanta el calor. Quizás porque soy una persona de termostato bajo y afanes febriles. Cuando llega la escasa temporada de calor en el altiplano, yo un buen día, siempre tarde, ya que los demás se han quejado una semana o tres del sol que hay en la calle, despierto a la dicha de la primavera como una bendición.

Este año los pájaros empezaron a cantar con estrépito mucho antes de que yo notara que había llegado el calor, pero cuando las jacarandas iniciaron su asombro, entró a mi cuerpo el júbilo de los días que amanecen amarillos y anochecen con lentitud, después de tardes impávidas como naranjas. Días en que el perro se tira a dormir desde temprano bajo la luna que crece tibia, y yo no lo puedo remediar: imagino, ambiciono, sueño despierta. A veces hasta que nada me parece lógico sino el elogio y de preferencia la práctica de la locura. Invento personajes, los mando a Nueva York, a Buenos Aires, los enamoro en el parque de Chapultepec, aunque esté descuidado, los hago besarse como entonces, como nunca, como quizás. Y con la calidez del aire en las costillas empiezo a verlo todo con indulgencia, aún más noble la vida de lo que puede ser.

Sé de seguro que hay otros contagiados, los he visto en la calle, en las estrellas, con un toque de hadas iluminando la palma de sus manos. Al empezar la calidez de este año, un muchacho de apariencia escéptica le llevó a su novia, como regalo, algo escondido dentro de una cubeta de la que salía una cuerda con un recado en la punta: "¿Sabes lo que quiero? —decía—. ¡Sigue la cuerda!" Siguiendo la cuerda, ella tuvo que quitar la tapa, sacar un juguete y en el fondo del regalo verse en un espejo. Semejante calidez me llenó de alegría toda una tarde. Lo mismo que hace no sé cuánto tiempo, creí ver un incendio entre unas flores azafrán. Hay veces en que uno necesita tomar prestado el calor de otros para no sentir frío al pensar en nuestras pérdidas, nuestros deseos, nuestra gana de pasiones intensas, nuestra urgencia de vivir como en la cresta de una ola. La calidez de un buen amor pasa sin más por las lluvias y el invierno, pero yo creo que abril, mayo, junio, julio y sobra decir el intrépido agosto de Cozumel y Mérida, acaloran también con exactitud y bonhomía.

Pensando en Cozumel, hace poco tiempo, bajo la calidez del cielo iluminado y tras comer un boquinete, mientras el mar iba y venía como el canto de los amores impredecibles, pasamos la tarde en un lugar milagroso. Se llama Punta Azul, y el hombre que nos llevó hasta ahí se ha hecho entrañable de tanto mostrar lo inaudito. Punta Azul queda en un extremo de la isla de Cozumel, se llega primero por la carretera que cruza del malecón frente al mar cobijado, hasta el Caribe abierto de las olas altas. Al final hay que entrar por una brecha corta que conduce a la laguna. No se me ocurrió nunca lo que vería entonces, pero puedo decir que eso será para siempre mi más claro recuerdo de un lugar cálido.

Entramos en barca, poco a poco, por una laguna baja, y frente a nuestros ojos el sol de una tarde avanzada. Cientos de pájaros se resguardan ahí entre islotes con árboles pequeños, manglares y maleza. Era la hora de su regreso al cobijo. Los vimos volver, observarse, convivir regidos por una envidiable armonía. Hasta flamencos han llegado en los últimos años. Los nombres locales de los pájaros tienen un sonido tibio como el medio en que viven. Chocolateras se llama a unas aves casi moradas, cucas a unas que en la cabeza tienen un arrogante peluquín, garzas albas a las cientos de pequeñas voladoras incapaces de inquietarse ya con la presencia humana, camachos a unas que no sólo vuelan sino bucean. Vimos también radiahorcados y pelícanos volviendo a resguardarse en sus islotes. Se acababa la tarde en las lagunas y era imposible no sentir su abrigo.

El sol fue bajando mientras nosotros nos perdíamos en la contemplación y a nuestras espaldas empezaba a salir una luna inmensa, dorada y ardiente. Todo cabía en ese momento, cualquier calidez: el recuerdo de los ratos junto a la chimenea, la taza de café en las mañanas de frío, los brazos de alguien excepcional cobijándonos en la más clara de las noches. ¿Quién no ambiciona alguna tarde, o siempre, la calidez como el mejor de los hechizos?

LA PLAZA MAYOR

Recuerdo, con la claridad que empieza a tener lo entrañable cuando lo evocamos, la primera vez que la vi. Cerrada por los cuatro costados, al mismo tiempo misteriosa y nítida, secreta y sabida desde mucho antes de mirarla.

Me detuve en una de las puertas, como quien se detiene a descubrir un mundo que reconoce. Había llegado a España por primera vez, pero al pisar la plaza sentí como si estuviera de vuelta. Me estremeció de golpe el caprichoso vuelco que sale de uno mismo y a uno mismo regresa diciendo: aquí ya estuve.

Para mí: una mexicana que habla español, que ha crecido entre iglesias del barroco, pirámides altivas y plazas con cuatro lados, descendiente segura de quienes fundaron ciudades con el deseo de refundar el mundo, hija a medias de españoles cuya patria era un sueño con dos patrias, hija descreída de un pasado que ambiciona y le espanta, llegar a España, por primera vez, fue como recuperar un mundo que ya me pertenecía.

Algo de mí había estado antes en el centro de la Plaza Mayor. No sé si la cabeza o los pies de algún tatarabuelo, si la enagua o las fantasías de una bisabuela blanquísima. No sé si el ansia aventurera de un hombre que al ir a comprar habas, ahí donde antes estuvo el mercado más inquieto y festivo, dio con otro que le propuso irse de viaje para tener entre las manos algo más que un puchero a la semana. No sé si el temor o la audacia de una mujer prodigando su adiós como quien canta, si la imaginación de un niño o el sueño de un gitano. No sé qué de todo lo que intuía o si todo eso me hizo decir sin más: aquí ya estuve, este lugar fue mío desde antes de mirarlo, y bajo el cielo rectangular de esta plaza en silencio ya anduvieron mis pies.

Austera, ambiciosa, brillante, con los rincones sucios y el olor a guardado que aún tenía la España en letargo de mil novecientos setenta y seis, la plaza sabía secretos y oía canciones de antes, la plaza estaba segura de que un futuro habría, la plaza era bellísima como la misma vida.

No me pude mover de aquel cobijo, toda la tarde la pasé mirándola. El rectángulo de cielo azul se fue haciendo naranja y después plúmbeo, hasta que le brotaron las estrellas.

Qué lugar para reconocerse, para temer, para esperar las alas y el valor. ¿De dónde sacará fuerzas un sitio tan estrecho, tan construido adrede como para cercarnos, tan falto de horizonte para ser promisorio y ambiguo como el mar? ¿En cuál de sus ventanas, en qué ángulo estrecho, entre qué puerta y qué puerta estará este deseo de quedarse y dejarla que otros sintieron antes que yo?

Volví al día siguiente. Volví todos los días de esa semana, a mirarla y mirarla sólo para mirarla. ¿Quién cruzó por aquí antes de resolver que su vida continuara a la sombra de dos volcanes remotos? ¿Cuál de estas ventanas se abrió para buscar más allá del océano? ¿Las flores de qué balcón invocaba la mujer que procreó al padre de la madre de mi madre? ¿O al abuelo de la madre de mi padre? ¿Quién de todos aquellos que duermen en mi sangre soñó bajo estos muros hace ya cuántos años? No lo sabía. No lo sabré nunca. Pero me bastó y me basta con imaginar que la plaza lo sabe. Por eso me convoca y guarece. Por eso, cada vez que estoy en Madrid, vuelvo a la plaza como a una parte de mí misma.

Desde aquel primer día se convirtió en mi talismán. Ni una promesa me ha hecho jamás la majestad que alberga, y mil me ha cumplido sin que se las pidiera. Con los años se ha vuelto aún más hermosa, más radiante, más viva.

El corazón de la España que me he ido encontrando desde que la encontré, que me llevo y me traigo cada vez más acaudalado, pasa siempre por la plaza y le agradece los privilegios, vuelve a nombrarlos, sonríe con el íntimo recuerdo de cada uno.

Sin embargo, he visitado la Plaza Mayor menos veces que amores tengo bajo su sombra. Mi paisaje del alma está tramado con la índole de estos amores. Está hecho con las voces y la compañía que no hubiera alcanzado a soñar, menos aún a pedir, la primera tarde que llegué a España.

Lo creo cada vez con más fuerza y más abandono. Este aire también es mío, aquí he encontrado cómplices excepcionales y anhelos que me abrazan como algo suyo. No en balde he venido a buscarlos.

Guardo para mí sus nombres, los bendigo, son el inaudito tesoro que me confirma a diario cuánta razón tenía la plaza cuando me hizo sentir, hasta siempre, parte del mundo que señorea y abriga.

ESCENAS DE LA ALBORADA

Tras una larga caminata por Venecia, nos detenemos en el puente del Rialto a mirarla brillar abajo. Yo la contemplo como una maravilla inolvidable, como el sueño al que acudo cuando no encuentro paz, como la perfecta metáfora de las mil fantasías que los humanos hemos sido capaces de sembrar en nuestro planeta. Y la idolatro de manera irracional, delirante, como todos los que idolatran.

A mi alrededor, los cuatro hijos con quienes he tenido la fortuna de viajar, y que me convierten en la madre más presuntuosa de cuantas cruzan la Italia con familias sin más de un hijo en que se ha convertido la patria del abuelo, me miran entre conmovidos y mordaces.

"A mí esta ciudad me provoca desconfianza", dice Mateo. "Es demasiado perfecta, parece un examen copiado con errores a propósito."

Yo lo escucho con una idolatría superior a la que tengo por Venecia y me río de él y de mí frente a la videocámara con la que Catalina registra cuanto puede: un balcón, mil palomas, la luna entre las nubes, los ojos de sus primos, las frases burlonas de Arturo, la mirada con que Daniela sedujo a un violinista en el centro de la plaza San Marcos.

Casi al día siguiente volvimos a México para participar en las elecciones más esperadas de cuantas me han tocado vivir en cincuenta años. Las elecciones en que de manera, para mi gusto, menos sorprendente de lo que puede resultar Venecia, pero de cualquier modo para muchos más sorprendente incluso que las pirámides egipcias, un candidato de oposición al PRI ganó la presidencia de la República. Cosa que según los expertos, entre los que no me cuento, nos otorgó de un día para otro el rango de país democrático, nos puso en el umbral de un nuevo régimen, nos colocó como por arte de magia frente a lo que a tantos les parecía imposible.

Y henos aquí en la nueva época, algunos a punto de empezar a empalagarnos con las sobrecantadas delicias de la alternancia y el nuevo régimen. Porque si hay quienes encuentran empalagosa a la dulce Venecia y el modo en que me asombra, hay quienes estamos a un instante de saciarnos con el éxtasis de quienes imaginan que el mundo se ha pintado de oro molido.

La naciente alborada democrática, misma que en mi opinión venía naciendo hace rato, trae consuelo para tantas imaginaciones ansiosas de un destino superior, que me asusta el posible desencanto de quienes en actitud de enamorados se han entregado a las dichas de la alternancia como bien supremo. Al mismo tiempo me alegra la fe enaltecida de mi madre y su esperanza en una vida mejor para tantos que no la tienen.

La vi, desde mi escepticismo por su causa como remedio para todos los males de la patria y al mismo tiempo desde mi pasión por su persona, trabajar en la campaña de Vicente Fox como si tuviera los veinte años de otros, como si su edad fuera sólo una marca del tiempo en su acta de nacimiento, pero de ningún modo en su cabeza o sus talones. Vino por fin desde Puebla al cierre de la campaña foxista en el Zócalo, y tras el viaje aguantó los discursos, las aglomeraciones y el griterío de estos eventos como si la acompañara el ánimo enaltecido de un adolescente esperando entrar a la discoteca. Cosa para la que, saben bien ellos, se necesita tanta tenacidad como la que pusieron muchos en conseguir que su candidato ganara la presidencia de la República. Al volver le comentó a mi hermana, conmovida como frente a un milagro, que cerca de ella estuvo siempre de pie un viejito de setenta y seis años. Mi hermana, que no se caracteriza por sus silencios oportunos, le contestó: "Mamá, el viejito ha de estar en su casa contando la misma historia. Tú también tienes setenta y seis años". A lo que ella respondió apacible: "Sí. Pero yo me recargué en unos tubos".

Euforias bien correspondidas por los resultados electorales como las de mi madre, seguramente hay muchas por todo el país. Del mismo modo en que también las hay como la de la madre de una amiga que irrumpió a las ocho y cuarto de la noche en la recámara en que la hija y la nieta veían una película, hartas ya del festival político del día, y les espetó sin más: "¡Ha sucedido una desgracia terrible!"

Hija y nieta se levantaron corriendo en busca de la

explosión del viejo tanque de gas, cuyo cambio posponen todos los meses. Y ella las dejó en su sitio al decirles: "Es peor que eso. Perdió el PRI".

No han faltado tampoco los decepcionados con el hecho de que cuando al fin se consiguió un triunfo de la oposición, éste no fue para Cuauhtémoc Cárdenas, quien, como todos sabemos, lleva sexenios de pugnar por él. Somos menos los que votamos por Rincón Gallardo en espera de que nuestro país tenga un partido que coincida con nuestra certeza de que México necesita una opción política con propuestas inteligentes para la vida pública y las libertades privadas.

Sin embargo, todos, desde los más atribulados priistas hasta los más extasiados foxistas, pasando incluso por los escépticos que sólo desean que la vida resulte impasible y eterna como el fondo del mar, compartimos una tranquilidad esencial: hemos conseguido creer y que otros crean que en nuestro país son posibles las elecciones respetadas y democráticas. No me parece un logro menor, aunque tampoco me haga sentir transportada de júbilo alternante, ni plena como si acabara de hacer el amor con el hombre mezcla de poeta, sabio y memorioso lector del *Kamasutra* que está en los sueños de toda mujer urgida de alimentar sus fantasías, como toda mujer que se respete.

Así las cosas, bendito sea el bienamado arribo de la credibilidad electoral. Ya el futuro dirá qué tantas luces, progreso, honradez y buen juicio nos trae, por lo pronto ilumina nuestras emociones y con eso parece que nos bastará por un tiempo.

Sin embargo, hay a quienes les sucede con toda esta situación lo que a mi hijo Mateo con Venecia. Creen que es un examen copiado con errores a propósito, y desconfían del éxtasis en que están quienes desde la punta del Rialto electoral idolatran las bellezas de la alternancia con la misma entrega arrebatada que otros ponemos en contemplar los brillos del sol entibiando las aguas del Gran Canal.

Salve a la gran Venecia. Salve a nuestra señora de la democracia. Pero benditos sean también quienes siembran la duda en mitad de nuestros sueños y nos llaman a recordar que la hermosa vida no culmina ni en una ni en la otra.

LAS MIL MARAVILLAS

Amanezco a un día de sol y cielo claro en la ciudad de México. Hay pájaros haciendo escándalo en el árbol frente a mi ventana, el café huele a promesas, los adolescentes duermen como los benditos que son y a la casa la conmueve un sosiego de sueños. Entonces, el historiador que no se pierde una mañana de periódicos ni aunque le robe toda la paz del mundo, y que entre otras cosas por eso tiene mi admiración rendida, trae a nuestra mesa el informe del World Economic Forum sobre el estado de la seguridad, la violencia, la evasión fiscal y el crimen organizado, entre las cincuenta y nueve economías más grandes del mundo. ¿Y qué me dice? En seguridad, México ocupa el lugar cincuenta y ocho, está después de Rusia, Venezuela y Colombia, sólo antes de Sudáfrica. Es para erizarse. Y en crimen organizado ocupa el lugar cincuenta y cinco. Sólo hay cuatro países de esos cincuenta y nueve en los que el crimen está mejor organizado que en México.

Tiemblo, bebo el café con sus promesas. Las cumple

con un sabor intenso y convoca un ánimo contradictorio: esta casa, en mitad de un país con ese riesgo, tiene
una estirpe de milagro, como dice el poeta que es la estirpe de todo privilegio. Tiemblo. Yo que había amanecido en el ánimo de citar a Bioy Casares y emprender un
texto sobre la necesidad de acudir al recuento de aquello
que nos maravilla. Yo que no quiero contar los desfalcos
del mundo, porque ya están demasiado contados, los
traigo hasta ustedes porque todo miedo disminuye en
buena compañía. Así las cosas, no voy a negarles el recuerdo de Bioy Casares diciendo: "Mientras recorre la
vida, el hombre anhela cosas maravillosas y cuando las
cree a su alcance trata de obtenerlas. Ese impulso y el
de seguir viviendo se parecen mucho". Sigamos pues,
con la vida.

Ya se sabe que el mundo nuestro abunda en horrores, pero también es cierto que si seguimos vivos es porque sabemos que no le faltan maravillas, y que muchas
de ellas está en nosotros tratar de alcanzarlas. Me lo digo
aunque suene inocente y parezca que lo único que me
importa es negar el espanto. Me lo digo, porque creo de
verdad que el impulso que nos mueve a vivir está en esa
búsqueda con mucha más intensidad que en el miedo.
Hagamos entonces, para nuestro privadísimo remanso,
el recuento de algunas maravillas. Cada quien las que
primero invoque, yo por ejemplo: el aire tibio de una
noche en el Caribe, las estrellas indómitas de entonces.
La cara de mi hijo metiendo una mesa de billar en el
comedor de nuestra casa, el ruido de las bolas chocando
abajo mientras yo trato de leer arriba y oigo a mi abuelo
como una aparición. Mi abuelo que jugaba al billar fren-

te a mis ojos de niña y cuyo juego aún palpita en mis oídos como si apenas ayer. Mi abuelo contándome los huesos de la espalda, apoyado en el taco de billar, sonriendo como si adivinara. Qué maravilla era mi abuelo maravillado: frente al tocadiscos de alta fidelidad, frente al box y los toreros, frente al orden implacable que rige el ir y venir de las hormigas, bajo la luz de la tierra caliente cosechando melones, abrazado a la inmensidad inaudita de un trozo de firmamento impreso en el *National Geografic Magazine.* "¿Te fijas mi vida, si la tierra es un puntito en mitad de estos puntos, qué seremos nosotros?"

Hay maravillas que uno recuerda y maravillas que uno anhela, hay maravillas que uno descubre como tales en el momento mismo en que le llegan: en Venecia, juro que vimos la luna salir anaranjada contra un cielo lila. Y que en ese mismo instante le agradecimos al destino la luz de este siglo y los ojos en que guardamos la virtud extravagante de tal espectáculo.

Hay maravillas que pueden conseguirse todos los días, pero que necesitan precisión: cualquier párrafo de Gabriel García Márquez, el sabor aterciopelado del café cuando no hierve, una flauta de Mozart sonando en el coche mientras afuera ruge el tránsito más fiero, una aspirina a tiempo, un beso a destiempo.

Hay maravillas que no se pueden siempre: una copa de oporto a cualquier hora, una caricia a deshoras, una buena película traída por azar del videoclub, una ola de Cancún en mitad de la tarde aburrida. Pero hay maravillas que se pueden siempre: tres inclementes frases de Jane Austen, otro párrafo cualquiera de Gabriel García

Márquez, un enigma de Borges, un juego de Cortázar, una vertiginosa página de Stendhal.

Hay maravillas inolvidables: Catalina mi hija vestida de ángel con unas alas de plumas y una aureola de alambre. Y maravillas inesperadas: la voz de mi madre suave y tímida saliendo por primera vez de su contestadora.

Hay maravillas que nos estremecen: la libertad de los veinte años, la audacia de los treinta, el desafuero de los cuarenta, las ganas de sobrevivir a los ochenta. Y maravillas que añoramos: Dios y el arcoiris.

Hay maravillas que nunca alcanzaremos, ilusiones, pero ésas dice Bioy que no cabe ignorarlas. El puro anhelo de alcanzarlas es ya una maravilla. Está entre ellas mi casa en el mar. Es una casa sobre la playa blanca, una casa breve y llena de luz a la que el azul del agua, impávida o alerta, le entra por todas las ventanas. Una casa que me deja salir en las noches a sentarme en la arena que la rodea y adivinar las estrellas y oír el ruido del agua yendo y viniendo. No existe, quiero decir no es mía, pero eso es lo de menos, tal vez imaginarla es aún mejor que andar pensando en cómo sacarle los insectos, barrerla cuando estoy lejos, tener quien me la cuide, amueblarla y decidir a quiénes puedo invitar y a quiénes no. Así mejor, imaginaria y prodigiosa.

Uno tiene maravillas secretas y maravillas públicas. Las secretas dejémoslas así, que quizás también en su secreto está su maravilla; entre las públicas, tengo la vocación con que vi a mi hermana y a mi madre convertir un basurero enlodado en un parque con flores y laguna. Tengo el fuego en las noches de Navidad, y los ojos de todas mis amigas.

Hay maravillas escuchadas: están las dos Camín contando un diluvio en Chetumal, el tío Aurelio evocando a su madre detenida junto a un tren, mi hijo y sus amigos describiendo a las cuatro mujeres que los besaron en una disco, mi padre silbando al volver del trabajo. Y maravillas que nunca he visto: el río Nilo, Holbox.

Hay maravillas que aún espero, y maravillas que no siempre valoro.

Volviendo a esta mañana, he de decir que el país en que vivo y la casa y las cosas que protege, a pesar de todos sus peligros, es también, con todo y su estadística en contra, una maravilla.

DOS ALEGRÍAS PARA EL CAMINO

La felicidad suele ser argüendera, egocéntrica, escandalosa. Su hermana, la dúctil alegría, es menos imprevista pero más compañera, menos alborotada pero también menos excéntrica. Y está en nosotros buscarla y en nuestro ánimo el hallazgo y no sólo el afán. Creo que es más tímida, pero más valiente la simple alegría de cada amanecer, acompañándonos, que la felicidad como una cresta impredecible. Depende más de nosotros dar con las alegrías, vaya o venga el destino, en la diaria devoción por la vida.

No es posible andar feliz, en vilo, abrazados, abrasándonos todo el tiempo, pero se puede andar alegre, serlo. Aunque estemos cavilantes o enfermizos, nostálgicos o abandonados, podemos tener alegría, no sólo encontrarla de pronto, efímera, como sucede con la felicidad. Sino, en medio de cualquier día y de todos, valorar el privilegio que es la vida misma, como venga. No se cree en la felicidad: se nos aparece. Sí se cree en la alegría, quienes la tienen, la construyen a diario.

Vivir en la ciudad de México, ver vivir a quienes nos atropellan las esquinas con su diario trabajo o su diario reproche, a quienes eligen uno u otro, necesita de un afán que si no está cruzado de alegría se desbarata entre las manos.

En honor a semejante certidumbre, hablaré de dos mujeres a quienes admiro por su alegría terca y su falta de piedad por sí mismas, incapaces de regalar culpas o reproches.

Todas las mañanas vuelvo de caminar como a las nueve y media. En la misma esquina encuentro siempre a las dos vendiendo los mismos dulces. Una es vieja como la vejez, pero sonríe de un modo infantil y ensimismado, como si mirara desde lejos. Nos hemos ido acercando por la ventana. Le pregunto cómo va, dice siempre que bien. No sé cómo, pero dice que está muy bien. De repente le llevo algo, pero muchas veces nada más el saludo. De cualquier modo ella se acerca y me pregunta si no quiero un dulce, aunque sea unas gomitas.

"Tómalo nomás así", me pidió el otro día ofreciéndomelas como su regalo de fin de año.

Tiene las manos llenas de arrugas y pecas, las piernas delgadísimas al terminar su falda de tablas brillantes.

Cada vez que se prende el rojo ella sube y baja la calle como si tuviera veinte años. Hace por lo menos diez que la encuentro, ha recorrido casi todas las esquinas del rumbo. Según me cuenta, ahora está en frente del Panteón de Dolores porque la última vez la corrieron de Tornel y Constituyentes. Quién sabe cuántos años tenga, pero por su aspecto podría tener noventa. No puedo decir que sea una mujer triste. Tampoco que se le vean motivos de sobra para vivir feliz, pero vive con el afán de estar viva entre las manos, eso puedo decirlo porque contagia la fortaleza de su andar por la ciudad como si navegara por ella bajo un aire luminoso y acogedor. Todos los días construye su alegría y en el modo como sonríe despacio, en paz, ofrece cada mañana su deseo de mantenerse viva mientras nos ve pasar.

La otra mujer es joven, aunque tiene la edad escondida entre la pobreza y el trabajo. Durante las vacaciones van con ella dos niñas. En la época de escuela sólo la menor, que ha crecido ante mis ojos jugando en la banqueta, llorando sus catarros, corriendo de un lado a otro, buscando el delantal de su madre cuando la cree perdida en la bocacalle.

—¿En dónde andaba usted que la busqué en la Navidad y no estuvo? —le pregunté ayer.

—Es que mi esposo compró focos y pusimos un puesto para vender —dijo, dando por hecho que yo sé que los focos son las series para los árboles de Navidad y que el puesto es uno de esas casualidades hechas hábito que hace que en esta ciudad cualquiera monte un puesto de temporada y venda focos lo mismo que durante el año vende chicles.

—¿Y cómo les fue? —pregunto.

—Muy bien. Las niñas anduvieron ahí contentas —dice como si las hubiera llevado de vacaciones.

—Me alegro —le digo.

—Mañana aquí estamos —contesta.

Cuando se prende la luz verde está dicho que al otro día llevaré el aguinaldo que no les di antes. Y está dicha su tímida pero contumaz alegría.

71

Las dos mujeres son dos frases en mi mañana. Dos frases de otros mundos que son parte del mío, dos lecciones, un mismo canto.

No se puede decir que mirarlas me dé un golpe de felicidad, que no me dé pena, doble pena: de vergüenza y de tristeza, verlas vivir sin la vida cobijada y de privilegio en que vivo yo, a sólo tres esquinas de ellas. Pero sí digo, porque es tan cierto como sus palabras, que nunca reprochan su destino distinto, su país que es tan otro aunque es también el mío, su mundo, por azar del destino y nuestros desatinos, tan lejos de mi mundo. Puedo decir que son dos alegrías en mitad del camino, un ejemplo para llevarse entre los ojos a lo largo del largo día.

INVOCANDO A LA SEÑO PILAR

Entre las múltiples argucias que tiene el tiempo, está esa que trastoca en el recuerdo los sentimientos que otros nos provocaron.

Pienso ahora en el ciego temor que alguna vez sentí ante el sólo nombre de la profesora Pilar Luengas. Directora del colegio María Luisa Pacheco, una pequeña escuela para niñas cuyos padres prefirieron educar a sus hijas bajo el extraño y feroz celibato de una laica, en vez de entregarlas sin más a los desvaríos de la colección de vírgenes ignorantes que eran las monjas poblanas de aquellos días.

Célebre por su rigidez y por la virulencia de sus disgustos, la señorita Luengas asustó a buena parte de nuestra infancia con su presencia reservada y arisca, con la blanca pulcritud de sus uñas cortas, con la dulzura de sus ojos azules echando llamas como si fueran rojos.

Las maestras de toda la escuela le tenían tanto miedo a su directora como el que podíamos tenerle las niñas engarzadas en un sencillo uniforme de algodón a cuadros rojo y blanco.

A veces incluso se volvían nuestras cómplices y eran ellas las que nos avisaban del día y la hora en que la drástica señorita Luengas revisaría mochilas y pupitres para requisar las muñecas de papel recortado, las cintas de hule para tejer llaveros, los chicles envueltos en papel metálico con dibujitos de colores, los *larines* o cualquiera de las baratijas que cada tiempo penetraban la escuela para enfrentarnos a los rigores de la clandestinidad.

Nada podía ser más atractivo que poseer un objeto inocente, convertido por la magia de la prohibición en el tesoro más cuidado del mundo. Quienes vendían o poseían uno de estos inocentísimos entretenimientos eran tratados como agentes del comunismo internacional o como liberales del siglo XIX, que para la cabeza de la señorita Luengas eran sinónimos de un mismo peligro: la pérdida del tiempo que sólo conduce al equívoco.

Verla venir y sentir en el estómago un puñal atravesado eran una misma cosa. Extender frente a ella un trabajo de costura sobre el que podía hincar sus tijeras para desbaratarlo por mal hecho, enfrentar su presencia durante la lección de otra maestra a la que ella era capaz de amonestar frente a nosotras como si fuera la más fodonga de las alumnas, mirarla recorrer las páginas de un cuaderno en busca de una mancha de tinta, una letra chueca o cualquier otro desorden, podía paralizarme hasta el funcionamiento de los intestinos.

Pero lo peor de todo era saberla en campaña contra las baratijas que conducían al ocio.

La ociosidad como madre de todos los vicios, dis-

74

pensadora de todos los talentos y pervertidora de cualquier alma que estuviera en el mundo para lo que había que estar: servir a Dios y regir su destino por los implacables rigores del deber, era su peor enemiga.

Yo no lo sabía entonces, pero había sido en el cumplimiento del deber que la señorita Pilar perdió al amor de su vida. Porque obedecer a la autoridad fue el primero de los deberes que aprendió, y obedeciéndola había tenido que renunciar a los brazos y las palabras de un amor.

Todo esto me lo contó ella misma algunos años después de mi paso por la escuela primaria, cuando me había yo convertido en la más ineficiente maestra de inglés que haya pasado por secundaria alguna.

En esos tiempos yo tenía por todo guardarropa tres minifaldas muy comunes y corrientes cuyo uso ella me mandó pedir que abandonara si pretendía seguir enseñando algo en su escuela. Para entonces, mi tardía adolescencia le había perdido parte del miedo y no hice caso de sus mensajes. Así que me llamó a conversar con ella tras el escritorio aquel en que siempre tuvo de pie una estatuilla de la virgen de Fátima reinando sobre la desolación de su helada superficie.

Ella había envejecido, y su ex alumna había crecido lo suficiente como para intuir que no era mala sino largamente infeliz. Así que pude sostener bajo sus ojos la primera conversación de nuestras vidas en que no me recorría hasta el pelo el temblor que me provocó siempre su presencia.

—Ten cuidado —me dijo—, porque ni a los hombres ni a casi nadie le gustan las mujeres que se portan como tú. Las mujeres así acaban quedándose solas.

—¿Por qué lo dice usted? —le pregunté, admirándome de tener voz con que hablarle.

—Por experiencia, muchacha —me contestó con una tristeza cuyo influjo desbarató para siempre mi viejo terror a su autoridad.

Desde entonces, recuerdo a la seño Pilar con devoción y sin miedo. La recuerdo pensando en que le debo mi actual facilidad para acercarme sin temor alguno a quienes ejercen el poder. A esa mañana de conversación con ella, le debo para siempre mi certeza de que mi deber no es resignarme, ni obedecer a ciegas, ni quedarme callada.

Yo normalmente desconfío de los poderosos. Por eso, entre otras cosas, me inclino frente al recuerdo de Pilar Luengas. Esa mujer que después de aceptar y callarse una vez, después de que semejante obediencia la dejó sola, supo ser fuerte y segura de sí misma en una época en que lo esperado y lo correcto en una mujer era dejar que alguien decidiera para siempre su destino. De ahí para adelante se ganó la vida como una mujer cabal. Y ahora sé que el sólo verla vivir marcó la actual destreza para decidir y trabajar en la construcción de nuestro propio destino, a la que nos apegamos tantos de nosotros. Ahora valoro de qué modo la fuerza de su extravagante ejemplo permeó para bien nuestras vidas.

"Enseñanzas nos da el tiempo", digo a veces recordándola. Luego le sonrío con humildad a la certeza con que ella aún acostumbra sermonearme desde quién sabe qué nube o qué tormenta en otro mundo.

UNA VOZ HASTA SIEMPRE

Es junio y añoro a mi padre con la misma intensidad que pongo en ambicionar imposibles hasta que a ratos los consigo. Así como he conseguido que mi hija de diecisiete años tenga por el abuelo, a quien nunca vio, una veneración equiparable a la que otros pueden tener por su entera genealogía.

Mi padre murió una mañana de mayo. Hace tres décadas. Yo siento que hace de eso tanto tiempo que ya me resulta cercano. Mi padre solía hacerme reír. Desde niña tengo recuerdos de su voz jugando a provocar mi risa. Él, que en el fondo era un hombre triste si dueño de tristezas es quien sabe que no hay alegría imposible, quien ironiza con el mundo todo, empezando por su propia figura y sus magras finanzas.

Caminaba despacio, pero siempre llegó a tiempo a todas partes. No como sucede conmigo, que corro eternamente y a todo llego tarde. Aún temo estar a tiempo. Odio ser la que espera. Esperé una vez que la vida dejara suyo a ese hombre a quien quiero con devoción y sin

77

matices, como sólo se quiere a los hijos. Esperé una vez como quien traga fuego, que mi padre viviera porque le rogué a su Dios que le dejara el aliento aunque fuera un tiempo. Hasta entonces, nada de lo que yo había querido pedirle a Dios me había negado. Así es Dios: todo lo concede hasta que lo deja de conceder. Y así fue mi fe en él, todo le creí hasta que dejé de creerle.

Con un tiempo —un año, pensé entonces—, hubiera tenido para aceptar que aquel silencio como remedo de la muerte era peor que la muerte. Pero en dos días, todo es mejor que la muerte. Cualquier trozo de vida, cualquier indicio de que ahí estaba. Un poco de la luz con que solía mirar, una mueca evocando el afán de su sonrisa.

No imaginaba yo lo que pasaría en un año, pero era tan joven que entonces los años eran largos y seguro creí que después de un año tendría las fuerzas que no tenía esa tarde, caminando de mi casa al hospital mientras miraba caer mis lágrimas sobre la piedra de las calles como si fueran lágrimas ajenas.

"Papá ¿por qué nos sigue la luna?", le había preguntado a los cuatro años, una noche al volver del campo. Nunca he sabido recordar qué me respondió, sin embargo recuerdo que su respuesta me dejó en paz. Tampoco recuerdo cuándo se hizo la noche de aquel lunes, en que un pedazo de luna me acompañó abusiva cuando volví del hospital con la certeza de que el resto de mi vida mis preguntas, mis desfalcos y mis deseos tendría que vivirlos sin aquella voz con respuestas. Quién sabe qué tendría su voz, pero yo recuerdo que siempre me dio paz.

Mi padre silbaba al volver del trabajo. Adivinar por

qué silbaba. Volvía de un trabajo extenuante y mal pagado, silbando como si volviera de una feria y entrara en otra. Yo lo escuchaba llegar y corría escalera abajo.

Ahora estoy envejeciendo y aún me estremece la memoria de aquellas manos en mi cabeza. Para todo lo que tiene que ver con recordarlo, tengo cinco, diez, catorce años inermes. Sin embargo, lo recuerdo casi siempre con alegría y conseguí sobrevivir al abismo de perderlo.

—¿A quién conmoverá mi desolada vejez de cinco años? —me pregunto.

—A mí —dice una amiga de mi alma—. A mí me conmueve y me espanta: tienes unos hijos como prodigios, de los que no te hablo más porque nadie mejor que tú sabe cuanto debía decirse, has podido encontrar unas lunas de milagro, tienes al lado un hombre que hace más de veinte años sobrevive a tus búsquedas, a tu para él siempre rara pasión por el mar, al hecho irrevocable de que no te interese ni quieras leer los periódicos y que desde siempre hayas pasado con pánico y desdén frente a la televisión en que él cambia canales o mira el futbol como tú podrías perder los ojos, en el horizonte las tardes enteras. Tienes las mejores amigas que uno pueda soñar, amigas con las que hablas horas incluso en mitad de una mañana de trabajo, amigas como hermanas. Tienes una hermana llena de sortilegios a la que admiras y extrañas mucho más que a los dos volcanes que están frente a su casa, y que es tu amiga igual que quien es tu hermana, tienes una madre como una catedral que se ha ido construyendo durante años hasta convertirse en un ser extraordinario y adorable. Tienes tres hermanos de sangre con los que sabes que podrías contar millones. Y hasta te das el lujo de tener hermanos de elección con los que cuentas a diario como si fueran tus hermanos. Te ganas el dinero que gastas y hasta el que otros se gastan cuando se roban tus tarjetas de crédito. Tienes quienes acuden a tus palabras, algunos que incluso te quieren sin haberte visto y otros que te quieren a pesar de saber que no eres la misma que escribe o que están viendo. Tienes epilepsia y le has perdido el miedo, como quien tiene una cicatriz y se acostumbra a llevarla aunque a ratos le recuerde un dolor. Para más, algunas noches, como si fueras princesa de las óperas, tienes quien desde adentro te cante: "*Guardi le stelle che tremmano d'amore e di speranza*".

—Te sobra razón —le respondo—. Todos esos lujos y privilegios, más otros de los que sólo yo sé, tengo y venero. Mi padre, sin embargo, es todo lo que no tengo. Todo lo que muchas veces no sé siquiera qué cosa es. Todo eso, más el recuerdo lejano de las mañanas en que él caminaba cerca de mí por un campo cuyo olor aún tengo en la memoria.

RÉQUIEM POR UNAS MARGARITAS

¿Por qué lloramos? ¿Por qué han llorado, a lo largo de la historia, en todas las culturas, todos los seres humanos? ¿Es llorar nuestro privilegio o nuestra debilidad? ¿Nuestra fortaleza o nuestro consuelo?

¿Por qué me hace llorar un prado que perdió las margaritas de un día para otro, como si con su desaparición hubiera perdido una especie de tesoro privado? Como si el hecho significara algo más que la simple respuesta de unos jardineros atropellando su belleza porque saben que si las dejan secarse será más arduo cortarlas. ¿Qué me puso a llorar frente a la sencilla desolación del prado vacío como no me dejé llorar mientras caminaba bajo las casas derrotadas por el temblor en mil novecientos ochenta y cinco?

¿Por qué lloro a mi amiga, una mañana entera, cuatro años después de su muerte? ¿Cómo pude ir a su entierro con el aire desesperado, pero sin una lágrima? ¿Por qué no lloré al responderle sí, cuando me preguntó si yo creía que iba a morirse? ¿Por qué el recuerdo de mi mano seca sobre su piel de aquella tarde me hace llorar ahora, tan tarde? ¿Por qué no me avergüenzan las lágrimas cuando escucho una conversación entre mis hijos y veo cómo crecen mientras hablan? ¿Por qué no lloro cuando lucho contra el sordo temor de que los hiera esta ciudad en que vivimos?

¿Por qué a veces es más inevitable la entereza frente a lo inevitable que las lágrimas al evocar lo sencillo? ¿A cuál mar van las lágrimas que lloramos hasta el cansancio, hasta que nos rinde el sueño o la esperanza?

No lloro en momentos desdichados, ni cuando hay que tomar decisiones o dilucidar destinos, lloro cuando Fátima Fernández me escribe una nota por mi cumpleaños, sobre la página del 9 de octubre en su agenda. Trae una cita de Nietzsche: "Uno debe seguir teniendo caos dentro de sí, para dar nacimiento a una estrella danzante".

Lloro como si llorar fuera un asalto y no una decisión. Lloro hacia adentro cuando en mí está que las cosas sigan adelante, y hacia fuera cuando no importa una llorona más. He llorado hasta el cansancio frente al abandono, con tal de no darme por vencida. Uno queda extenuado tras el llanto largo y sin embargo siente un descanso. El estremecimiento de las lágrimas cuando casi aparecen porque sí, como quien atestigua un milagro: ¿ése, quién lo explica? Sólo el arte. Como las noches con estrellas, como el enloquecido tránsito en la ciudad de México, como el hecho de que seamos capaces de vivir aquí, como el vértigo de cada enamoramiento, como la llegada de una garza gris al contaminado lago de arriba, como los chocolates belgas y las tortillas recién salidas del comal, como las cascadas y los atardeceres, como la intrépida memoria: las lágrimas no piden explicación, se explican solas.

DIVAGACIONES PARA JULIO

Recuerdo a Cortázar a propósito de muchas cosas. En cualquier día del mes me detengo a mirar la foto en la que chupa un cigarro, viendo al frente con el gesto escéptico y al mismo tiempo lleno de pasiones e inteligencia que le salía a la cara como a otros les sale el desencanto, el recelo, la paz interior.

Cuántas cosas aprendí de Cortázar. Porque las aprendí de su voz, de sus audacias, del encanto y los afanes con que las escribió. A muchos de nosotros, Cortázar nos hizo leer lo que sentíamos, lo que nuestro tiempo ponía sobre la piel y el entendimiento sin decirnos cómo descifrarlo.

Cortázar me dijo antes que nadie, porque así vino el orden desordenado de mis lecturas, que esto de estar solo, de sentirse un día alegre y otro desconsolado, era de tantos otros, que por más original y devastadora que pareciera una pena, había sido ya en el cuerpo y la índole de seres que nos eran entrañables y resultaron sobrevivientes. Esto de siempre amar el mundo como se ama lo insólito, de no querer morirse nunca y andar muriéndose una mañana cualquiera, esto de enamorarse hasta un día parecer perros callejeros y al otro dioses repentinos, esto de querer salir a ahogarse una tarde y querer revivir a media noche, esto de perder el horario oyendo música, de perderse en el cuerpo de otro y luego no saber dónde quedó uno, de ser joven como quien es invulnerable y ser invulnerable hasta despertar envejeciendo. Tantas cosas: Cortázar. Julio.

Nunca hablé con él. Lo vi sólo una noche, entrando a Bellas Artes, en medio de una multitud. Mientras la víbora de gente se movía con nosotros dentro, yo, para mi sorpresa, justo tras él, tocaba su espalda, por casualidad, para luego perderla una y otra vez. Pensé que debía nombrarlo, esperar a que volteara y entonces decirle de qué modo lo sentía cerca.

"A las águilas no se les habla por teléfono", recordé que había escrito él en no sé en dónde y a propósito de no sé quién. Así que lo pensé mejor y le abrevié el agobio de escuchar mi proclividad por sus delirios.

Quienes lo acompañaron a vivir sienten por su memoria una devoción envidiable. He visto a García Márquez y a Fuentes venerar los recuerdos que se les atraviesan en una cena y reír al evocarse repitiendo con él tres líneas del Quijote o cantando corridos hasta las cinco de la mañana.

—Murió Cortázar —le dijo Carlos Fuentes a Gabriel García Márquez, una mañana, urgido de compartir la pena.

—¿Quién te lo dijo? —preguntó el Gabo.

—Ya está en el periódico —respondió Fuentes.

—Carlos, no hay que creer todo lo que sale en los periódicos.

Se consolaron. Lo habían sabido antes de esta conversación, y lo saben siempre; sin embargo, para pensar en él, siguen sin creer lo que dijeron los periódicos.

"Mis amigos no se mueren, se van a Nueva York", dice Gabriel, exorcizando el aire con el poder de su milagrosa imaginación.

Ya lo sabemos, algunos cronopios no se mueren. Cortázar aquí anda. Más aún en los meses que van y vienen con la lluvia trayendo su nombre.

Cuando yo era niña, en todo el centro de México había colegio en julio y vacaciones en diciembre. Sé que iba contra la costumbre internacional y que provocaba toda clase de complicaciones a la hora de cambiar de país o de estado, pero era mucho mejor tener vacaciones en el hermoso invierno nuestro, que en el julio de lluvias que se disfruta bien tras la ventana, viendo mojarse al mundo mientras uno le da vueltas a de qué está hecho y cómo funciona o se descompone.

Julio es un mes hermoso para pensar, para escribir, para tener nostalgia y contar historias. No sé por qué me voy de vacaciones cuando tengo cuatrapeada en el alma una novela que ahora empezaba a buscar rumbo. Pero uno es así, cuando ve cerca el fuego se echa a correr. Cuando el aire trae lluvia se echa a correr, cuando los hijos quieren aire corre tras ellos. Iré de viaje. Con Cortázar en el mes como una luz y un remordimiento, saldré corriendo de mi deber y aunque no quiera me siento culpable.

Si uno enciende la pasión por las palabras no puede andar perdiéndolas cada vez que le silba la curiosidad, cada vez que Florencia se pinta en el horizonte o Portugal aparece como una tentación desconocida y Madrid como la puerta a los amigos que no ha visto, a la sopa de almejas con azafrán, a las noches iluminadas y larguísimas.

Si uno quiere escribir sabe negarse al vamos, sabe decir me importan más los sueños como un deseo que los sueños mismos, sabe responder aquí me quedo, porque aquí están mi cuaderno de plasma y las ocurrencias de las que vivo.

Pero a mí me gana siempre la sonrisa de los otros, me gana siempre lo que oigo más que lo que podría contar, me gana el mundo moviéndose, desafiando, saliendo al paso de mi encierro. Me ganan los otros yéndose, sin mí o conmigo, a ver qué encuentran en Brasil, donde Mateo quiere ver a las mujeres, Catalina quiere descubrir a un director de cine, su papá quiere presentar un libro y yo sólo quiero ir tras ellos. Qué poca personalidad, qué corto aliento, yo a Brasil quiero ir porque irán ellos. Si no aquí me quedaría, con los dos julios en el pequeño cuarto que es mi estudio, viendo llover y pensando en cuando fui joven, como lo será siempre la Maga.

Cuántas locuras hice hace casi treinta años en nombre de la Maga y su destino incierto. Lo que fuera con tal de exorcizar la muerte, con tal de no quedarme una noche sin un Rocamadour entre los brazos, vivo hasta hacerse adulto y pedirme que lo acompañara a Brasil. Qué prodigio tener hijos. ¿Qué mejor destino?

Mientras leía a Cortázar quería ser escritora, hacerme de un amor eterno, aunque siempre durara tres meses, sobrevivir a la muerte de quien me dejó viva, entender la resolución con que vivía mi madre, volverme tan dueña de mí como veía a mi hermana ser dueña de sí misma. Quería encontrar un trabajo que me diera para vivir sin notar que trabajaba, quería aceptar sin más mi cuerpo, mi estatura, mi pasión por la música y el caos, mi terror al deber, mi pánico a perderlo. Mientras leía a Cortázar era una niña tibia que había dejado de serlo. No pude entonces haber encontrado mejor compañía. Julio es siempre un buen mes para recordarlo, para darle las gracias al destino que se fue apareciendo con las certezas y los abismos que tanto ambicioné entonces, hace tanto y tan poco, mientras leía a Cortázar.

NADA COMO LAS VACACIONES

Las mujeres de la expedición estamos echadas sobre nuestros catres de a treinta pesos diarios, oyendo al mar altivo y contumaz que juega con la playa. Hemos buscado todos los días un lugar en el último rincón de arena soleada que puede albergarnos. A veinte metros de nuestra cabaña se amontonan decenas de cabañas apretadas de adolescentes. El revolcadero, que era un lugar remoto en el Acapulco de mi remota infancia, se ha vuelto la playa de moda en el Acapulco al que nos lleva la febril adolescencia de mi hijo y sus amigos. Sigue siendo un lugar de belleza privilegiada. Las olas vienen abruptas pero nobles, y uno puede jugar en ellas. Como antes, como mañana.

—Pensar que todo aquí va a seguir igual cuando ya no estemos para mirarlo —dice Daniela mi sobrina, que pronto deberá volver a la universidad en la que estudia leyes como quien las abraza.

—Todo —le contesta Catalina, que este año empezará el primer año de preparatoria—. Y no sé cómo pensar en eso sin que me aflija.

Están metidas en sus trajes de baño, jóvenes y lindas, en apariencia inofensivas, en verdad audaces. Yo las oigo caer en semejante conversación y finjo que duermo como quien se ha muerto.

El mar ha seguido viniendo a esta playa los mismos treinta años que llevaban mis ojos sin venir a mirarlo. Y ahora que he vuelto lo he encontrado intacto, idéntico, generoso, como estará cuando yo ya no pueda regresar a mirarlo. Irse de un sitio entrañable, dejar un paisaje que nos conmueve y arrebata, sin saber cuándo podremos verlo de nuevo, si volverá a existir para nosotros, nos estremece sin remedio como un atisbo de la muerte. Por más que vivamos como vivos eternos, al despedirnos, dice la canción, siempre nos morimos un poco.

Por eso alargamos las últimas horas de nuestro último día de playa, quedándonos sobre la arena hasta que el sol se perdió entre los cerros y el cielo se volvió de ese azul oscuro que amenaza con volverse noche. Hasta entonces recogimos las toallas y las camisetas, los bronceadores, los libros, y nos decidimos a ir en busca de los hombres de la expedición, que al contrario nuestro, tenían una cabaña en el centro mismo del hervidero de juventud y bikinis de la playa. Ahí se metían a esperar a unas bellezas rubias que no cayeron nunca entre sus brazos, pero que como todo sueño, fueron a ratos una realidad tan intensa como la mismísima realidad.

Al vernos levantadas recogiendo, don Tomás se acercó con su paso suave y su hijo de la mano. Nos hicimos amigos durante los días singulares en que él dejó su trabajo de herrero para trabajar vendiendo refrescos y armando cabañas en la playa. Ahí lo encontramos, entre la multitud de vendedores de todo tipo que atormenta a los turistas melindrosos y entretiene nuestra feliz ociosidad sobre la arena. Hay a quien lo perturba el caos de vendedores y litigantes de la playa, yo debo decir que a mí me gusta su desorden, que el ir y venir de los únicos moradores de la playa que no están de visita, y que por lo mismo la miran con la indiferencia y precaución que sería imposible pretender entre los bañistas, me resulta una más de las diversiones que concede el alebrestado Acapulco.

Mientras uno pretende olvidar las mil cosas que no ha hecho en el año de trabajo, ellos acuden a nuestro comportamiento de lagartijas y le ofrecen a nuestro asueto toda clase de fantasías: tamarindos, vestidos, cocos, lentes, collares, caracoles, trencitas, tatuajes, quesadillas, caballos, canciones, refrescos, hieleras, lanchas, tablas, paseos, motos, sombreros, faldas, pulseras, plata. Y otra vez: tamarindos, vestidos, cocos, lentes. Si al rato se decide, me llamo Mario, Rosi, Tadeo, Juan, Luli, Toño, Meche, Guadalupe.

Yo les agradezco que insistan, porque si algo me urge es entrenarme en el "no" como posible respuesta, como tabla de salvación, y después de algunas compras, inevitablemente hay que entregarse a practicar el "no, gracias", como recurso para la supervivencia. Ni aunque uno cargue con un mes de sueldo en efectivo, alcanza para comprar todo lo que ahí venden a diario. Y uno no va a la playa cargando su sueldo, pero después del primer día de gastos y decepciones se aprende que algo del sueldo hay que llevar si pretendemos tener sombra y cobijo, antojos y tamarindos. Porque caballos no quisimos nunca. La ecológica Daniela se encargó de hacernos ver la crueldad que se ejerce contra los pobres y huesudos animales que caminan la playa cargando gordos bajo el sol inclemente. En cambio ella y Cati se pusieron tatuajes temporales y ellos comieron quesadillas y desperdiciaron ceviches, mientras yo lamía el celofán de los tamarindos, como si algo del pasado irredento pudieran devolverme.

En la infancia íbamos a Acapulco en memorables viajes de cinco coches seguidos, y hacíamos nueve horas para recorrer el paisaje que esta vez recorrimos en tres y media. La última hora jugábamos a buscar el mar con un premio para el que primero lo viera. Y durante decenas de curvas despiadadas, lo íbamos buscando en el horizonte, hasta dar con una línea azul y lejana como la mejor de las promesas.

La tarde que les cuento, el mar acompañó nuestra despedida de don Tomás regalándole a su hijo una cantidad triplicada de los "chiquilites" que a diario recogía de entre la espuma en un juego obsesivo. Lo veíamos perderse, pequeño y escurridizo, entre las olas más bajitas, para luego aparecer con varios crustáceos de aspecto extravagante, mezcla de camarones con caracoles, entre las manos. Corría con ellos hasta nuestra cabaña, que para efectos prácticos era también la suya, y ahí buscaba la gran botella de agua que su padre le había conseguido para guardar los bien buscados chiquilites.

"Niño, quítale tus desórdenes a la señora", le decía don Tomás. Y él como que no lo oía y yo como que no me daba cuenta de sus desórdenes, y todos en paz.

El niño hizo su refugio junto a nosotros porque le caímos bien, y nosotros no podíamos sino agradecerle su preferencia rápida y sonriente. Podría haber puesto su botella con animales y sus gastadas chanclas en la cabaña de alguien más, pero escogió la nuestra, y ahí se metía entre pesquisa y pesquisa en busca de sombra, reconocimiento y agua.

—Mira señora este grandote —me decía, esgrimiendo al infeliz crustáceo que había sacado del mar retorcido y precioso. Luego lo ponía en la botella con los otros y volvía al agua corriendo para no quemarse los pies al ir despacio por la arena ardiente.

—¿Y qué les haces? —le pregunté el día que nos conocimos.

—Se los llevo a mi mamá para que los fría con ajo. O los olvido, como ayer que aquí se quedaron.

—¿Saben buenos? —pregunté.

—Saben como a camarón —dijo don Tomás, apareciendo con los refrescos de a diez pesos cada uno. Precio que podía parecer un escándalo si se le comparaba con los tres pesos que cuesta un refresco en la calle, pero que era una ganga en esa playa en la que el primer día los pagamos a quince pesos. Con ciento cincuenta, en lugar de cien por la cabaña.

—¿Y usted por qué da más barato? —le pregunté.

—Es que los otros aprovechan porque nada más de esto viven, y cuando ven gente, abusan —dijo don Tomás—. Yo, como tengo un oficio, durante el año trabajo allá por mi colonia y sólo ahora que anda el gentío, pues vengo para traer al niño y para descansar, como usted. Y si me disculpa, al rato seguimos la plática —dijo, yéndose.

Seguimos la plática a lo largo de la semana y nos amarchantamos de lleno con don Tomás como nuestro proveedor universal de aguas, cocos, Cocas y Yolis. También como el encargado de calibrar los precios de otras mercancías y de echarles un ojito a nuestras pertenencias mientras nos íbamos al mar como a la guerra, pero sin más arma que nuestro corazón alborotado y nuestras ganas de sal y golpes.

Yo no tardé en darme cuenta de que eran muy pocos mis contemporáneos entre las olas. Sólo jóvenes había regados por la playa, promisorios y omnipotentes. De mi edad había uno que otro vendedor o vendedora, pero al parecer casi nadie con mis años se expone a que le peguen sin tregua las aguas del revolcadero. Tan sola me vi, que en lugar de sentirme desolada, me consideré dueña del privilegio de representar a mi ruinosa generación. Ya ni siquiera tuve vergüenza de no poseer un cuerpo firme y atlético como los que me rodeaban, pasé sin más a considerarme original y protegible como se considera a los monumentos arqueológicos. Tuve la certeza de que si hubiera habido por ahí un representante del Instituto Nacional de Antropología e Historia, me hubiera puesto en su lista de ruinas por amparar. Y ya no me importó lucir la pátina, ni que me faltaran algunos escalones y me sobraran otros. Así somos las ruinas: altaneras y tercas, me dije, corriendo tras el niño en busca de las olas, sin tratar ni por juego de moverme como la chica de Ipanema o las chicas de mi alrededor. Daniela y Catalina venían conmigo, condescendientes y divertidas como arqueólogas.

Todos los días el mismo rito de flojear y cansarnos, perder los ojos en el horizonte y perdernos donde se perdían nuestros ojos. Seis milagrosos días de playa. ¿Quién sueña con otros privilegios? No nosotros.

La tarde que nos despedimos de don Tomás y su hijo,

tras varias fotos y múltiples promesas de mutua fidelidad el próximo año, alcanzamos a sentirnos tristes, a pesar de tanto recontar nuestras dichas. La noche anterior habíamos visto la luna anaranjada crecer sobre Pichilingue como un planeta en fuego, y varias tardes nos tomaron la mirada entre el cielo y los cerros en el generoso balcón de los generosos Minkov.

—Salgan de la tele —les pedí a los hombres del grupo que tras la playa quedaban catatónicos frente a las peores películas de acción que haya dado un canal de cable. Se preparaban así para luego perderse en el ruidero de las discotecas hasta las seis de la mañana.

—Estamos de vacaciones —alegaron.

—Y están perdiéndose la mejor puesta de sol que haya yo visto en mi vida —dijo Catalina. Segura de que sus catorce años pueden considerarse una vida.

—Tú pareces vieja, Catalina —le dijo su hermano Mateo.

—Soy vieja —respondió Catalina, arrellanada en el blanco e inolvidable balcón de los Minkov. Y luego volvió a pedir conmigo—: ¡Vengan a ver!

Como vampiros salieron los tres de su cuarto oscuro a una tarde que había encendido todas las nubes del cielo, y se quedaron mudos. Todavía no sabemos si de pena o de gloria, pero consideramos mejor no preguntarles.

Al día siguiente los llevamos a Pie de la Cuesta. Donde yo recordaba como un sueño unas olas inmensas devorando al sol inmenso, al tiempo en que unos hombres se columpiaban en ellas, diminutos y frágiles, haciendo un circo para dioses. Llegamos tarde. El sol se había metido y las olas del verano son cortas. Quedé como una fantasiosa, pero lo mismo nos reímos todo el trayecto, que se ha vuelto un escabroso ir entre cerros sobrepoblados que antes fueron desiertos, un viaje largo al parecer hacia ninguna parte.

—Una hora y media de camino para llegar a unas olas más chicas que las nuestras. ¿No dijiste que eran inmensas? —preguntó Mateo con la hilaridad en que le fascina regodearse cuando fracasan mis recuerdos.

—Suelen ser inmensas —dije yo, sin poder creer lo que veía—. ¿Verdad señora que suelen ser inmensas? —pregunté, llamando en mi apoyo a la mujer que vendía cocadas.

—Son inmensas —dijo ella—. Hoy no, pero sí son inmensas.

—Perfecto mamá, te creemos. ¿Ahora hay que desandar el camino largo o hay uno corto?

—El regreso es más largo porque es oscuro —dije yo—. Pero para que veas que me disculpo, pon a cantar a Eros Ramazotti, aunque me desespere su voz desesperada.

Volvimos cantando: "única como tú / no hay nada más bello que tú". Y yo le dediqué la canción a la playa y él a una novia que un día tendrá, como quien tiene una esmeralda.

Más tarde caminamos por la ensordecedora costera recontando las estrellas que aún no se traga la luz de los hoteles y mirando a la gente iniciar su noche como una fiesta. Ningún día fue el mismo y todos se parecían en su idéntica armonía ociosa. Estuvimos felices. No sé qué pueda haber mejor que las vacaciones. Lo digo sin remordimientos, con la eterna nostalgia que me toma septiembre.

PLANES PARA REGRESAR AL MUNDO

Me gusta invocar las tardes de lluvia frente a los volcanes, tengo nostalgia de la vida que transcurre como una conversación entre amigos: lenta, sin destino preciso, sin ansia de predominio, sin demasiadas ideas en litigio, con la certeza de que cada palabra, cada cosa que pasa entre ellos importa y no es prescindible. Llevo varios meses con la vida en vilo, sin conversar con muchos de quienes me resultan necesarios, sin caminar la tierra húmeda y enrojecida que rodea la casa de mi hermana, sin el placer hospitalario que puede otorgarnos una semana entera de no hacer otra cosa que ir leyendo los libros que se acumulan sobre el escritorio y la mesa de noche como una demanda y una promesa. Hacer eso y llamarlo trabajo, como si no fuera un juego.

Llevo meses convertida en una yo que vive más para afuera que para adentro. No he tenido tiempo para ir al cine ni siquiera una vez cada dos semanas, ni he sabido del gozo que es levantarse en la mañana con la sensación de que no necesito dormir más. Llevo meses perseguida por el deber como un loro perseguido a trapazos. Y a pesar de todas las cosas buenas que un año de prisas y viajes me ha dejado, ambiciono el regreso a la rutina, al silencio, al tiempo como un juego, al aire de las noches en que uno llega a la oscuridad con el deseo de mirar la luna y reverenciarla.

Siempre vuelvo de las vacaciones cargada con una lista de planes. Hacer planes, como bien lo sabía la lechera, entusiasma los pasos y ayuda a subir la cuesta. Si después se nos cae el cántaro de leche no necesitaremos llorar, porque estaremos en la cumbre de algún sueño y desde ahí será menos arduo volver al trabajo.

Quizás valga la pena y el divertimento hacerse una lista de planes para leerlos cuando el desasosiego quiera preguntarnos: ¿De qué sirve que vayas por el mundo? ¿A quién le dejas algo con tu presencia? ¿Y qué has hecho de bueno?

Para ese tipo de preguntas es para lo que la lista puede ser de una utilidad inalterable. Ahora que si no lo fuera, habría que hacer la lista sólo por el placer de hacerla. Me preguntarán qué tan grande puede ser tal placer, les diré que tan grande como uno quiera. La medida de la ambición no es siempre la misma.

Para quienes van al dentista cada seis meses, no será ningún acierto apuntar en su lista que este año irán dos veces, pero para alguien como yo, el solo hecho de registrar tal propósito me hace sentir medianamente buena, y si la fortuna me permitiera cumplir a medias el propósito, nadie podría sentirse más orgulloso de los cuidados que le prodiga al futuro de sus muelas.

¿Cuál podría ser la metodología más adecuada para organizar una lista de planes? Yo no lo sé porque siempre hago planes en desorden y me doy el lujo de suponer que en eso está la gracia de los planes. Sé que hay escritores que escriben tras haber diseñado el plan general que guiará su novela; es más, sé que entre esos escritores están algunos de los que admiro como a nadie. Ni con esto, yo he podido siquiera poner entre mis planes el plan de intentar un plan de novela. Sin embargo, ahora que he vuelto de un trayecto por los volcanes y el mar me da el ánimo para creer que es posible iniciar mi lista de planes así:

1. De diez a dos de la tarde, todos los días y hasta conseguirlo, redactar el plan que ordenará mi siguiente novela.

2. Conseguir una pianola.

3. Ir a la gimnasia.

4. Hacerme el análisis del colesterol.

3. Leer a Kant, a Dante, a Brocht. A Jane Austen en inglés y al Quijote sin saltarme páginas.

5. Dormir siete horas diarias.

8. Comprar plantas para el patio.

9. Escribir la conferencia para Gijón.

10. No aceptar conferencias ni aunque sean en Gijón.

11. Dejar en paz el pan y los chocolates.

12. No decirles a mis hijos que la disciplina es prescindible.

13. Tener esta certeza: todo sueño cabe en una lista de planes, incluso el que nos predispone a soñar, escribir, volver a las vacaciones, seguir buscándole los mo-

dos a la vida o, mejor aún, tratar de que la vida y lo que hemos elegido hacer cuando no estamos de vacaciones sea todavía más placentero que las mismas vacaciones.

JUGAR A MARES

No a todo el mundo le sucede lo mismo con el mar. Hay quienes lo detestan o le temen. Cada quien descansa como puede y se busca la ruina y el éxtasis cerca de donde puede. Yo que nací bajo tres montañas, necesito del mar como de un consuelo único. Porque en ninguna parte, bajo ningún cielo, soy capaz de abandonarme a la sencillez y la generosidad como cerca del mar. Por eso ahora he puesto entre mis planes uno que me permita permanecer en el estado de inocencia y valor que predomina en mí cuando el mar está cerca. Aun cuando pretenda descifrar el mundo, y una vez tras otra no lo consiga, quiero imaginar que lo comprendo aunque sea un rato cada día. Por eso hay que poner en nuestros planes el deber de jugar.

Jugar, lo mismo que leer o enamorarse, es hacer un viaje a mundos redondos, asibles, perfectos. Jugamos para entregar todas nuestras emociones a un solo pensamiento, al lujo de olvidar todo lo que de insoportable pueda haber en el mundo. Por eso amamos los juguetes, porque sugieren, nos hablan, de lo mejor que tenemos y podemos ser. Los juguetes, como los sueños, nos permiten volar sin lastimarnos, tocar sin temer el rechazo, imaginar sin desencanto, conmovernos sin rubor. Y no hay edad que no los necesite, ni mujer ni hombre que pueda abandonarlos.

Al crecer, cambiamos las muñecas y los patines por las computadoras y las obras de arte, los libros, el amor y los teléfonos, los estetoscopios o los automóviles. Así, seguimos jugando. Incluso con más asiduidad que cuando éramos niños, jugamos cuando adultos urgidos de encontrar cobijo para nuestra memoria, olvido para nuestros litigios.

Alguna vez creí que la necesidad de sentirse parte del absoluto iría mermándose con el paso de los años, hasta que todo fuera un sosiego más regido por el desencanto que por la euforia. No sé si por fortuna, pero me equivoqué. El tiempo que nos aleja de la infancia, de la primera juventud, de lo que suponíamos la perfecta inocencia, no sólo no devasta la esperanza, sino que la incrementa hasta hacerla febril, hasta en verdad perfeccionar la inocencia haciéndola invulnerable.

Nadie más dispuesto a creer que un avión de papel puede cruzar el mundo, ni más apto para viajar en los entresijos del barquito que soltamos sobre una fuente, que un adulto desencantado. Nadie más listo para entregarse a su fantasía como al único camino que lo salve del tedio de vivir confiando sólo en lo que los periódicos o la ley consideran posible.

Los niños juegan con la concentración con que los dioses griegos se hacían la guerra. Los adultos inventamos juguetes más urgidos de juegos y de concentración que de guerra. El viento no se ve, la sombra que cae de los árboles no se toca, la luz que enceguece la mañana no se puede guardar, pero algo de toda esa magia puede caber en un juguete que por un momento nos explique el viento, la luz, las sombras, el árbol. La tierra siempre guarda secretos, los juguetes siempre nos ayudan a soñar que algún secreto desciframos, que algún paraíso nos pertenece.

FUERA DE LUGAR

Si la envidia es el pesar por el bien ajeno, entonces no puedo decir que yo les tenga envidia a quienes gozan con el futbol, porque me alegra que les guste. Tan es así, que cuando por alguna razón caigo en la sinrazón de enfrentar un partido de futbol, me acomodo para ver más al público que a la tele. Puede ser fascinante el modo en que le gritan al aparato, en que se llenan de júbilo o incertidumbre, de risa o desconsuelo, de lágrimas y, a veces, creo que más de las que uno alcanza la dicha de contar durante una luna de miel, hasta del sagrado y pleno hálito que sólo se querría propio del orgasmo.

Me divierte mirarlos, por desgracia no tanto como para no temerles a los días en que sólo de eso se habla y nada más sucede. ¿Cómo portarse entonces? ¿Qué podemos hacer quienes nunca hemos entendido lo que es un fuera de lugar, quienes nos decretamos incapaces de pasión alguna cuando se discute durante horas si una patada fue o no fue patada, fue o no fue penalty, fue o no fue culpa del árbitro ciego?

Lo he pensado ya durante varios campeonatos mundiales, me conozco distintas actitudes a la hora de enfrentar la temporada y no sé cuál de todas haya sido la mejor.

Hay desde luego el escepticismo. Sin embargo cada día es más difícil practicarlo. Como no se mudara uno a una isla desierta, es materialmente imposible andar por la vida diaria fingiendo que uno ni sabe, ni quiere, ni puede saber del tema. En los últimos tiempos hasta una parte del sector femenino se interesa en el fut. Sin lugar a dudas, los hombres las miran desconfiados, como a unas arribistas ignorantes que gritan cuando no se debe y desfallecen creyendo que un autogol fue bueno para su equipo. Por eso hay que decir, en defensa de su interés real, que hay muchas para las que sí resulta una pasión. Incomprensible desde mis ojos, pero una pasión. No en balde lloraban así las partidarias de los Pumas la tarde que tan gallardamente perdimos frente al América. Y digo perdimos, porque yo no entiendo una palabra de fut, pero una buena parte de lo que sí entiendo entró en mi cabeza y mis emociones gracias a la UNAM.

Yo no entiendo de fut y, sin embargo, me cuesta el escepticismo porque algunos de mis seres más queridos le tienen veneración. Recuerdo a mis hermanos jugándolo todas las tardes, todos los sábados y los domingos en el campito terroso al que tuviera que acudir su equipo. Los recuerdo al volver del colegio con las caras hirviendo y un raspón en la rodilla, los recuerdo desde entonces mentándole la madre a un árbitro por haber fallado en contra de alguien llamado la Tota Carbajal. No me acuerdo bien cuál era su equipo predilecto, pero creo que el Necaxa. Y cuando el Puebla apareció en escena, ya que todos éramos mayores, pero no por eso menos enfáticos, la familia entera puso las esperanzas en el primo Manuel Lapuente y por primera vez los vi gritando un triunfo. De entonces viene la entrega de uno de nuestros vástagos a la causa perdida del mentado futbol. Arturo, el hijo de mi hermana, fue con tal entrega la mascota del equipo, que lleva toda su adolescencia entregado a la fatídica esperanza, que, como va, convertirá en realidad el contumaz deseo de ser un jugador profesional. La obsesiva y preclara entrega de este muchacho, inteligente y guapo como pocos, al solaz de las patadas, me desconcierta tanto como la admiro. Por sobre otras, su pasión me ha hecho pensar que algo de extraordinario debe haber en tal juego. Su pasión y la de un cuñado mío, que a los cuarenta y algo está dejando el físico en la gloria semanal de triunfar sobre otra portería.

La verdad es que el gusto por el juego lo entiendo con bastante más destreza que el gusto por mirar el juego. ¿O será el futbol como el ballet? Que entre más cerca lo ha tenido uno, más arrebatador es mirarlo. Quizás. El caso en mi caso es que no me dice nada y que ando buscando un quehacer para ejercerlo mientras el señor de la casa, los jóvenes de la casa, los amigos y parientes de la casa, y en general, la casa toda mira el futbol.

Se me ocurre que durante los partidos puede uno irse a dormir a un buen hotel. Alguien afortunado quizás encuentre un amante al que no le guste el fut. ¡Qué fantasía! De una a tres de la tarde haciendo el amor como dentro de una película. Eso, meterse a una película no ha de ser tan malo. Ir a decirle a Ingrid Bergman que se quede un ratito en Casablanca. Que no es cosa de abandonar a Lazlo en definitiva, pero que bien puede siquiera por una semana quedarse a besar al infortunado y maledicente Rick. Meterse en *Out of Africa*. Eso me gustaría aún más, ir de safari con esa mezcla de baronesa Blixen y Meryl Streep, sentarme en el porche de su casa a oír a Mozart mientras la veo besar a Robert Redford que al mismo tiempo es Dennys Finch, el inasible amante inglés. ¿Quién no ha tenido un amante inasible? Quizás tenerlo en ese paisaje resulte menos ingrato. No sé qué opinaría la baronesa Blixen. Sé, sí, que fue dichosa mientras lo tuvo cerca, con o sin paisaje, y que luego se convirtió en la más extraordinaria rival de Scherezada de que se tenga noticia.

De momento, aquí, casi todos los amantes, inasibles y asibles, ven el futbol. Y es cosa de ir haciéndose al ánimo. Una de las primeras noches que yo tuve para dormir con el amante asible e inasible que hoy es el señor de la casa, me levanté un momento de la cama y anduve por el cuarto con el cuerpo entonces joven con el que andaba sin darme cuenta de que lo era. No sé qué tontería amorosa le dije detenida en mitad del cuarto. Entonces él, el querido él, movió su brazo de izquierda a derecha como toda respuesta. Yo, que por esos días era la ingenua yo, creí sin más que ese gesto me llamaba de vuelta a la cama en línea recta.

—¿Sí? —pregunté, con la miel del enamoramiento.

—Déjame ver —contestó él, que había encendido la tele y veía correr a dos hombres pelándose por una pelota.

Ése es el futbol. Y así es la cosa. Resignación, aconsejarían algunos, risa, diría mi abuelo, ironía, mi padre, alianzas, mi entendimiento. Lo mejor en el caso del futbol son las alianzas. Conversación con las amigas, sueños incandescentes en audaz y secreta alianza con la almohada, poesía, novelas, cine, redondo silicón en los oídos, caminatas por el parque en compañía del perro que no mira la tele, música.

Toda clase de alianzas. Y ya, en situaciones muy desesperadas, cuando el aislamiento dominical se haya convertido casi en un dolor y nos resulte imprescindible el tibio abrigo de la familia, entonces alianza con los aficionados, con sus euforias, su griterío, su pena, sus deseos. Alianza con el poeta diciendo como si nos viera:

Pero es muy triste saber
que hay un minuto en el cielo
que destruye nuestro anhelo
de vivir para entender.

SI YO FUERA RICA

Alguien me preguntó hace un tiempo qué haría yo si fuera rica. Aun sin haber consultado mi cuenta en el banco, quien hizo la pregunta imaginaba que no soy rica. Se supone que los escritores no somos ricos, ya no digamos ricos de los que salen en la revista *Forbes*, ni siquiera simples ricos. Y tal cosa se supone con más o menos acierto.

Sin embargo, yo hace años vivo regida por la idea de que soy rica. Y esto que a unos puede parecerles un claro equívoco y a otros un afán demagógico que debía ser evitable, a mí me resulta una certeza como pocas certezas tengo.

Cuando mi padre murió hace treinta años, me dejó como herencia una máquina de escribir, una hermosa madre afligida y cuatro hermanos como cuatro milagros. Entonces yo tenía veinte mil dudas, diecinueve años y un deseo como vértigo de saber cuál sería mi destino. No teníamos dinero, no se veía claro con mi destreza para los negocios, no estaba yo segura de que el periodismo, que apenas empezaba a estudiar, me alcanzaría como única pasión y sustento, no había en mi presente, ni se veía en mi futuro, uno de esos partidos conyugales que sólo Jane Austen y mi abuela han logrado trazar con perfección. En suma, mi patrimonio parecía precario. Sin embargo, la curiosidad, una herencia que olvidé mencionar antes, me bastaba como hacienda y me ayudó a vivir varios años en vilo. Es de esos tiempos de donde viene mi certeza de que soy rica. Yo creí entonces, después de intentar no sé cuántas veces un buen amor, que mi humilde y desaforada persona no estaba hecha para los buenos amores. Creí, como ahora creo en la luna y sus desvaríos, que nunca tendría una casa mía, que yo no era para tener hijos y que la literatura, que era por esos días una pasión sin frutos, no sería sino eso en mi vida. De cualquier modo, ya entonces tenía suficiente como para no sentirme pobre. Tenía amigas brillantes como luciérnagas, la universidad era mi patio, y el departamento que compartía con mis hermanos y mis primos fue la mejor guarida, conseguí un trabajo en el que cansarme y al cual bendecir, me alegraban el cine, la música, los amores de paso, los viajes cortos porque no había de otros y el sueño de un futuro tan incierto como era mi presente.

A veces, temo que un día la vida me cobre con dolor su generosidad, pero a diario prefiero más gozarla que temer. Y me siento muy rica. No es que tenga la salud de roble que desearía, pero fuera del tiempo, todo lo que necesito voy pudiendo pagarlo con el trabajo que me hace el favor de acudir a diario. Y aquel futuro incierto que hoy es mi presente, me ha regalado dos hijos, cada uno con el caudal de un cosmos, ha dejado cerca de mí más de un amor, y durmiendo conmigo a un hombre, a una ilusión y a un perro.

No podría yo pedir más y aún tengo más: vivo de mirar el mundo con el afán de comprenderlo, y a ratos, por instantes, mientras escribo, sueño que consigo entender de qué se trata este lío de estar viva. La mayoría de las veces no entiendo el mundo, pero mis alforjas han aprendido a aceptar las preguntas como única respuesta. No he perdido a mis amigos de antes y he ido encontrado nuevos como quien encuentra promesas. Por si algo me faltara, un perro cuyos ojos declaman a Quevedo me sigue, como si fuera yo su amante, mientras camino por el parque en las mañanas. Además, todavía me perturban los chocolates y los hombres guapos, todavía me encandilan las playas y las novelas, la poesía y las tardes de cine, la buena conversación y el silencio de un abrazo, la ópera, Mozart, una guitarra, un bolero, dos aspirinas, todo el mes de diciembre.

¿Qué más puedo pedir? ¿Una casa frente al mar, un mes mirando los volcanes, Antonio Banderas en el papel de un personaje inventado por mí alguna mañana, dos semanas de vacaciones, una casa en el cielo, la luna a cucharadas? O mucho más ambicioso: ¿la hoguera del enamoramiento nueva siempre como el primer instante, mis muertos vivos en un mundo que no sea el de los sueños, la eternidad como un hermoso invento en el que soy capaz de creer? Ya sería demasiado pedir. No ambiciono ser más rica de lo que ya soy.

¿QUIÉN SUEÑA?

¿En qué siglo fue que la condesa Sanseverina soñó con los amores del implacable Fabrizio? ¿Y en qué momento Henri Beyle se soñó el Stendhal que soñó a la desaforada condesa? ¿Cómo fue el milenio en que Cleopatra soñaba con el poder y los brazos de Marco Antonio? ¿En el principio de qué tiempos se atrevió Magdalena a soñar con un hombre que se soñaba Dios?

No ha habido una época que no respire un aire propicio a los sueños. Así como toda época ha sido denunciada por buena parte de quienes la viven como la peor de todas, como la menos propicia para los sueños y la felicidad, así es como en toda época hubo quienes se empeñaron en soñar tiempos mejores, en forjar las alegrías de su tiempo con lo mejor de sus sueños.

Soñar siempre parece ligero y frívolo. Más aún soñar despiertos. Sin embargo, son nuestros sueños la tela con que tejemos nuestra certidumbre de que vale la pena entregarse a el mundo en que vivimos como se entregan a nosotros los sueños, dándonos de golpe lo que Rubem

Fonseca describió como grandes emociones y pensamientos imperfectos. Emociones entre más grandes menos asibles, pensamientos entre más imperfectos menos abandonados.

Los sueños, en todos los siglos, han sido consuelo y solaz de quien se atreve a entregarse a ellos. Supongo que también de ahí viene el éxito del fascinante Don Quijote, soñador soñado hace siglos por el lujo de novelista cuyas palabras se han vuelto sueño nuestro. Y de ahí la razón por la cual Sancho acaba pareciéndonos el hermano de la mitad del alma con la que despertamos para reírnos de los atrevimientos y desvaríos de nuestros sueños.

Conozco a una escribiente que nació en la misma fecha que Cervantes. Inhibida al saberlo, ha querido abandonar el sueño de hacer literatura, y sólo a veces acepta que siempre que abandona tal sueño la abandonan de golpe todos los demás. Entonces decide soñar que nació en cualquier otra fecha y que sólo tiene con Cervantes la obligación de honrar su genio y concederle a diario la gloria que él se ganó soñando.

No siempre alcanzamos alegrías cuando soñamos dormidos, los que soñamos, no los que hacen planes, no los que ofrecen proyectos, sino los simples soñadores. A veces, los sueños al dormir nos atormentan y otras parecen inasibles y sin sentido, gratuitos y vanos. Sin embargo, también hay quienes han reconocido el salto de la felicidad mientras duermen. Mi madre, que casi nunca recuerda sus sueños, y cree que no sueña como algo cotidiano, aunque ya la ciencia le haya dicho que todos soñamos, sólo que algunos recuerdan más que otros, tiene un único sueño recurrente, que es como una bendición. Sueña que ve a su marido vivo y lo abraza dichosa, celebrando que no haya muerto, que todo haya sido la mala jugada de un destino falso que queda en otra parte, en un lugar que no es la vida real sino un mal sueño. Consigue entonces una felicidad llana como la de los cuentos y goza de ella unos instantes parecidos a la eternidad. Luego despierta y resulta que su marido murió hace muchos años y que sus hijos han tomado cada uno la vida de la mano y se han ido por ella. Entonces acuna su sueño de las noches y recuerda los brazos que ahí la ciñeron y sale a cuidar árboles y a cultivar sueños vivos. Se hace cargo de un parque, guisa para los nietos, ambiciona que en su país haya justicia y cree que olvida el sueño que, de todos modos, palpita siempre en su entrecejo.

Cuando uno duerme, sus sueños son privados y personalísimos, cuando soñamos despiertos compartimos nuestra fiebre con otros. Así es como hemos imaginado mil veces un país diferente, como hemos acompañado a otros en sus guerras y en su derrota, como somos capaces de recordar los delirios que no nos pertenecieron. La literatura, y el cine, que es un forma de literatura, nos han acompañado a soñar despiertos tantas veces que no es extraño encontrarnos con ellos mientras dormimos y confundir el sueño de la noche con el de cualquier tarde. Yo he soñado que vivo en África, que conozco la granja de Karen Blixen y vuelo con ella entre los flamingos, que en español se llaman flamencos, que flotan sobre un lago de plata. Le doy la mano al más audaz de los amantes y con ese sólo gesto nos entendemos mejor que nunca. He soñado como soñó Meryl Streep que era la baronesa

Blixen, como Sidney Pollack soñó que los destinos de la baronesa y su amante podían caber en el celuloide que él usó para filmar a Meryl Streep y a Robert Redford amándose como si de verdad.

Soñamos en las tardes de sábado con cuanto sueño de otros quiera ponerse frente a nuestros ojos ávidos de la ajena imaginaria, y en las del miércoles soñamos con ir al cine, como fuimos el sábado. Soñamos en mitad de una noche insomne que Buenos Aires es nuestro como lo fue de Borges. Que entonces caminamos bajo un cielo acerado, mirando la ciudad "quieta y resplandeciente como una dicha que la memoria elige". Soñamos con el balcón de Fermina Daza en Cartagena, y si un día vamos al jardín sobre el que está suspendido, entendemos la tarde en que García Márquez la soñó allí cosiendo.

Cita Savater a Nietzsche que a su vez cita a Emerson cuando dice: "Para el filósofo todas las cosas son entrañables y sagradas, todos los eventos son útiles, todos los días santos, todos los hombres divinos". Creo que tal certeza es también propia de quien sueña. Dormidos o despiertos, nuestros sueños convierten todas las cosas, incluso las que nos asustan, en entrañables y sagradas. Cualquier acontecimiento es un milagro, cualquier día es santo, cualquier aparición resulta divina.

¿Sueñan los perros, las jirafas, las flores? ¿Sueñan el fondo de una laguna o las crestas del mar? O será que soñar ha sido privilegio sólo de quien sabe que sufre o necesita: de los humanos. Porque sufrir y necesitar, como enamorarse o haber ido a la luna, es sólo privilegio de humanos. Quizás venga de ahí que a los humanos el preciso azar nos haya concedido la gloria y el abismo de los sueños. Soñemos pues, en este y en los futuros siglos. Hagamos santa la memoria de una luz cayendo a trozos sobre el cuerpo de otro, divina la extraña aparición de un monstruo sentado entre la ramas del árbol que asusta nuestra ventana en mitad de la noche, sagrada la sopa de almejas danzando cerca de unas cebras en el restaurante italiano que irrumpe en nuestros sueños cuando aparece Nueva York, milagrosa la llave que buscamos desesperados por un jardín de helechos sabiendo desde el principio del sueño que la escondimos ayer bajo la tercera maceta de la izquierda, entrañable cualquiera de las mil emociones que nos atraviesan, cada uno de los imperfectos y escurridizos pensamientos que visitan todas nuestras noches y cientos de nuestras mejores mañanas.

EL CIELO DE LOS LEONES

¿Qué es primero, la seducción o el deseo? Quizás van alternando sus hallazgos y equívocos. ¿Tras cuánto tiempo de anhelar algo, llega hasta nuestros ojos y nos rinde como una sorpresa? Ya creemos olvidado un deseo, ya no lo acoge nuestra piel, desde hace siglos que no cerca nuestra inteligencia, y vuelve un día como un milagro, justo como si irrumpiera en el primer momento en que lo deseamos. Extraña correspondencia la que existe entre los deseos y la seducción.

Yo paso tardes enteras ambicionando la luna que abre un río de luz sobre el mar frente a Cozumel, busco el modo de hacer el viaje, de coincidir con la noche de luna llena para dormirla bajo su embrujo, marco en la agenda la mañana en que saldrá el avión y, a partir de ese momento, aunque falte un mes, ya me interrumpe en las madrugadas el afán.

Por fin llego al mar y a la puesta de sol, al pescado frito, al aire húmedo y tibio de un regazo. En la noche me tumbo a esperar que la luna vaya subiendo hasta que me duermo quién sabe a qué horas. Medio despierto a veces y la miro unos minutos, vuelvo a dormir bajo ella hasta el amanecer. Todo sale de mí, el deseo y la seducción. Yo he ido a buscarla, yo me rindo a su encanto, ella se queda impávida, y cuando vuelva a flotar sobre el agua, dentro de un mes, no extrañará mis ojos, ni mi delirio contemplándola. ¿O sí?

Si los Santos Reyes no existen, si las noches iluminadas esperándolos, si el vilo de los días previos a la clandestina llegada de nuestros padres con los regalos, si todo eso no fue producto sino del deseo de que fuera cierto, me pregunto por qué la pura fecha me seduce y me rinde a su recuerdo.

Tal vez nada sea más seductor que lo que inventamos para que luego nos seduzca. ¿Deseamos una voz, la palma de unas manos, la punta de unos dedos? ¿Desde abajo hasta arriba deseamos unas piernas? ¿O es que todo eso nos sedujo mucho antes de que imagináramos el deseo? ¿Qué será?

Yo no hubiera querido un chocolate si de ellos no saliera ese olor a trópico y arrebato. Pero todo fue probarlos, ¿y qué tarde no quiero un chocolate? A cuántas pequeñas seducciones hay que negarse. Ahí está una copa de vino blanco haciéndome pensar en la risa entregada y fácil que me produce al darle dos tragos. ¿Cuándo fue que me sedujo el vino blanco? ¿Cuándo el pan, las aceitunas, el azúcar? ¿Por qué incluso el encuentro con esas seducciones tiene que controlarse?

A cada quien lo seduce un abismo distinto: yo podría ir al cine mañana y tarde todos los días, podría comer en desorden, todo lo que la edad y las razones de mi cintura quieren prohibirme, querría abrazar y abrasarme mil veces más de las que puedo. Yo me dejo caer en los recuerdos, me persuaden durante horas a la hora menos indicada.

De todos los pecados que condena la Biblia, el primero es rendirse a la seducción. Yo lo cometo a diario, no sólo para contradecir las instrucciones bíblicas, sino porque a veces cuesta vivir, y no hay como abandonarse a la seducción para encontrar, cada jornada, los mil motivos que tiene la vida para hacer que la veneremos. Todos los días nos seduce algo nuevo. El color de la tarde, la luz con que descubren el sexo los adolescentes de la casa, la inteligencia con que descifran el mundo, la falda nueva que se puso ella, la viejísima playera que volvió a ponerse él. Cualquier mañana puede una carta convertirnos en jóvenes, cautivar nuestra índole hasta hacernos creer que la piel de los veinte años se recupera invocándola. Y ¿cómo negarse a semejante seducción? ¿Para obedecer cuál lógica? ¿Para encontrar cuál consuelo? ¿El que se cifra en el entendimiento? Sabe uno bien que se hace de noche, crecen los adolescentes, deja de haber cartas, tenemos la piel que cruza por nuestros años. Sin embargo, qué maravilla cada momento frente a la seducción del momento. Eva estuvo para lamentarlo, nunca uno de nosotros. Nunca quienes no quieren ahogarse en este tan renombrado valle de lágrimas.

Contra cada lágrima el buen conjuro de un deseo, para cada instante en que se nos agoten los deseos, el alivio y la insensatez de una seducción. A ratos, movidos por la cordura y las leyes, tendemos a acusarnos de fáciles, de excedidos, de tontos: nunca debí enredarme con las nubes, nunca cantar en público como bajo la regadera, nunca subir de golpe estos tres kilos, nunca irme a Venecia con la imaginación, nunca dormir en el piso ¿qué? del edificio ¿qué?, ¿en qué ciudad? Nunca creer en los hábitos de la locura. Nunca desafiar la sensata palabra de la sensatez.

No hay nunca que valga, y como decía tía Luisa, cielo hay para todos, hasta para los leones debe haber un cielo. Por eso nos atrapa la seducción. Porque, ¿qué es la bendita seducción, sino el sueño de que hay tal cosa como el cielo?

LA LEY DEL DESENCANTO

Una semana después de que la nieve cayó hasta las faldas de los volcanes, cubriendo las llanuras que los rodean cerca de la ciudad de México, la primavera irrumpió con su escándalo de pájaros desde la madrugada, cielos clarísimos, estrellas tempraneras y una luna inmensa como nuestro deseo de que la vida fuera siempre así.

La primera de esas tardes, me fui a caminar con la puesta del sol a mis espaldas, colándose entre los edificios más altos, tiñéndolos de naranja y lila como si algo quisiera decirles.

Camino en el único territorio que esta ciudad me presta para mirar el horizonte. Un horizonte corto, interrumpido por los tres hoteles que de lejos parecen custodiar el hechizo de una gran bandera. El único horizonte cercano y por eso el más entrañable que he podido encontrar en esta ciudad.

El segundo lago de Chapultepec cobija en estos días jacarandas como incendios de flores, patos que nadan exhibiendo tras ellos la hilera de sus hijos, peces cada vez más grandes que a ratos sacan sus bocas abriendo en el agua pequeñas lentejuelas. Cobija también una gran fuente cuyo chorro no se cansa de intentar el cielo y, los fines de semana, cobija cientos de familias presas de la misma nostalgia de campo que a tantísimos nos perturba en estas épocas. Una nostalgia que se alarga en el día y que deja hasta el anochecer a los más entusiastas bobeando frente a sus hijos en triciclo, llamando a gritos a sus perros enfebrecidos por amores inútiles, caminando despacio entre los árboles, comprando baratijas en los puestos cada vez más feos que crecen cada semana, tirando basura sin tregua en botes que nunca alcanzan, persiguiéndose en patines o mejor que nada: besándose hasta imaginar el absoluto.

Así, besándose, vi esa tarde a una muchacha febril, prendida del abrazo de un hombre joven, temblando. Y entonces, sin más, como sin más se recuerda, evoqué a Márgara. Tenía la misma piel morena y el mismo rubor encendiéndole las mejillas y una chispa parecida en los ojos oscuros.

Márgara llegó a trabajar a la casa en que mi madre crecía cinco hijos menores de ocho de años, cuando yo tenía siete y medio. Ella apenas había cumplido los dieciséis, ahora sé que también era una niña, pero entonces la vi fuerte y grande como no imaginé que yo podría ser en ocho años más.

Venía de un pueblo llamado Quecholac, a unas dos horas por carretera. Era hija de la mezcla radiante que habían hecho un mexicano de purísima cepa náhuatl y una mexicana nieta de alguno de los soldados que llegaron con Maximiliano y que tras la derrota se quedaron a ganar un cobijo entre los brazos de un deseo más cercano que Francia.

Márgara tenía la nariz respingada de una bretona, la boca grande y la dentadura eterna de quienes han comido maíz por generaciones. Yo la veía distinta y preciosa. Era además inteligente y ávida. Aprendió a guisar en poco tiempo y era rapidísima para levantar un desorden, barrer un tiradero, lavar el patio, tender las camas. Se volvió de la familia, y como de la familia la quise, aunque sólo de lejos la pude acompañar en sus dichas y, peor aún, en la única desdicha que fue incapaz de ocultar.

Por ahí de los dieciocho, se enamoró de Juan. Un hombre de piel de aceituna y ojos furtivos que sin embargo sabía mirarla como si la rehiciera. Juan pasaba por ella todas las tardes y la acompañaba a comprar unos panes para la cena. Volvían después de un rato de pasear por el parque frente a la panadería, y si mi madre no estaba en la casa, se quedaban en la calle, cerca de la puerta, recargados en un árbol, besándose como si hubieran encontrado el absoluto.

Poquito antes de que la autoridad volviera, Márgara entraba como una gloria, cantando a veces, otras sonriendo para sí, caminando igual que si volara, llena de una inspiración que las monjas de mi escuela hubieran creído propia del Espíritu Santo.

Así estuvo unos tres años. Noviando con Juan todas las tardes y todos los domingos de cielo intenso o de horizontes nublados. Juan era todo y todos. Era los luceros de su presente y el único futuro con luceros que hubiera querido imaginar. Ella iba por la vida con él entre los ojos y nada le pesaba y ningún trabajo le aburría. Dueña de todas estas luces, Márgara era para mí la representación más plena de la sencilla y ardua felicidad.

Hasta que una noche, en vez de entrar cantando o en vuelo sobre sus talones o con la sonrisa como una bandera, entró hecha un vendaval de lágrimas. Nadie se atrevió a preguntarle qué había pasado. Su llanto parecía parte de un ritual inexorable y tan íntimo que intentar calmarlo hubiera sido un sacrilegio.

La dejamos llorar varios días. Desde el amanecer y hasta la noche. Una semana detrás de la otra hasta que estuvo perfectamente claro que Juan no pensaba volver y que todo aquel llanto era por eso.

"Me quería llevar nomás así —dijo por fin Márgara una mañana—. Sin casamiento, sin iglesia, sin ley y sin nada. Nomás así."

Mi madre dijo y pensó que Márgara había hecho bien en no aceptar. Tras ella, a todo el mundo le pareció correcto y encomiable el valor con que Márgara se había negado a irse con Juan "nomás así". Enamorada desde los pies hasta la frente clara, desde el delantal hasta las trenzas brillantes y los labios incendiados, no quiso irse con él. Sujeto su corazón y sus deseos a la ciega obediencia de unas leyes cuyo respeto le hubiera parecido la prueba más palpable (¿la única prueba?) de que tanto abrazarla y tan intenso besarla quería decir que sólo a ella quería Juan y sólo en ella pensaba mirarse el resto de la vida.

No quiso irse con él, se sintió traicionada cuando lo oyó decir que no se casarían, que con arrejuntarse estaba bien, que con qué dinero tanta fiesta, que para qué un jolgorio entre ellos que no fuera la prolongación de ese que ya traían de tanto tiempo.

Nada jamás le devolvió a Márgara ni el aire ni las luces con que había ido por la vida. Se volvió ensimismada y brusca. Trabajaba con la misma eficacia, pero sin entusiasmo. Iba al pan como autómata. Una tarde, mi hermano menor se le escapó ya desvestido frente a la tina en que lo bañaría y corrió huyendo del agua y quizás de la pena que la embargaba. Cuando ella volvió en sí alcanzó la desnudez del niño en mitad de la calle, para escándalo y comidilla del vecindario. Márgara ya no era Márgara, por más que se empeñó en disimularlo, en no mentar a Juan ni para maldecirlo, en reírse más fuerte que nunca, en cantar alto "Diciembre me gustó pa' que te vayas", cada vez que una Navidad se cerraba de nuevo sobre su desesperanza.

Todavía años después, recuerdo que una tarde volví a verla llorar mientras trapeaba la cocina. Pasó el tiempo. Yo cumplí los dieciséis que ella tenía cuando llegó, y cumplí dos más, y cuando yo tenía dieciocho y ella casi veintisiete, al volver de una de aquellas tardes que mi amiga de siempre y yo gastábamos soñando con encontrar un alma como la nuestra, la vi dentro de un taxi estacionado a unas dos cuadras de mi casa, besándose como un remolino con un hombre que yo encontré gordo, viejo y feo.

Márgara la del recuerdo incólume, besándose con un espanto de señor, cuyo único mérito era tener un taxi. Márgara entrando a las diez de la noche retobona y escurridiza. Márgara entre enojada y desafiante yéndose de buenas a primeras, así sin más, con un hombre que encima de feo resultó casado. ¿Quién me lo iba a decir? Y todo eso regida por la única ley que acató tras perder a

Juan. La más cruel, endemoniada y duradera de las leyes: la ley del desencanto.

No he podido nunca recordarla sin un dejo de tristeza y agradecimiento. Pensando en la sonrisa que se dejó una noche entre el árbol y la puerta de mi casa, me hice de la certeza, quizás tardía, pero crucial, de que hay que irse nomás así, desde la primera vez y siempre que la vida nos lo proponga. Porque no hay ley, ni mandamiento que valga el abandono de un deseo como aquel.

UNA PASIÓN ASOMBRADA

Cuando conocí a Edith Wharton, supe que había encontrado una amiga de índole intensa y vocación insaciable, como es insaciable el afán de absoluto. Por eso me alegró tanto conocerla. A Edith Wharton me la presentó, con su generosidad de siempre, Antonio Hass. Yo no la conocía antes de mil novecientos ochenta y seis. Mi descubrimiento de la más reciente escritura en español me entretuvo buena parte de la primera juventud. Pero esto último no debería decirlo ahora si quiero aprender alguna vez a seguir uno de los muchos buenos consejos que he recibido de Edith Wharton: uno puede hacer en la vida lo que quiera, siempre y cuando no intente justificarlo. Entonces diré sólo que lamento haber tardado en conocer a esta amiga cercanísima a pesar de que nació en el remoto mil ochocientos sesenta y dos, en Nueva York, y murió en mil novecientos treinta y ocho, doce años antes de que yo naciera.

Nunca pude abrazarla y, sin embargo, ella me abraza a cada tanto. A veces de repente, en mitad de una calle cualquiera, mientras ando perdida entre las casas del viejo Nueva York o me entretengo mirando cómo se mueven las dóciles hojas de un árbol que señorea en Central Park, como debió señorear la abuela Mingott en su inmensa y extravagante mansión en mitad del ningún lado que era entonces aquel rumbo. Edith Wharton también me abraza cuando se lo pido. Y se lo pido con frecuencia. Siempre que enfrento de cerca o de lejos la pesadumbre de un amor imposible, la terquedad de unas costumbres aún necias, mi urgencia de ironizar al verlas, la esperanza y la curiosidad por un mundo que siempre nos da sorpresas y mil veces nos deslumbra con lo inesperado.

Amores imposibles. Los de Edith Wharton: todos. El de Ethan Frome por la mujer encendida y jubilosa que irrumpió en su vivir de tedio, el de Charity Royal por un hombre elegante y olvidadizo que representaba y le dio por unos meses, para luego quitárselo de pronto, todo lo que ella no podría tener y todo lo que le hubiera gustado ser, el de Susana Lansing por un sueño, el de la hermosa y ávida joven que vivió su primera vida en *La casa de los mirtos*, en medio de unas parientes al final idiotas y crueles como era previsible que lo fueran, y murió ambicionando que el mundo resultara menos estrecho y que ella pudiera ser más apta, libre y rica o menos equívoca y más valiente de lo que pudo ser. No se diga la pasión entre el conservador y trémulo Newland Archer y el aplomo, la belleza, la inteligencia estremecida y bravía de Ellen, la condesa Olenska, para su casi perfecta desdicha.

Siempre los personajes principales de la Wharton aman el mundo y sus delicias, a veces por encima y a veces en contra de sí mismos. Son siempre desolados y admirables en su infinita ambición de absoluto. No sólo los de sus novelas, sino también los de sus cuentos, los de la preciosa colección guardada en *Historias de Nueva York*, un libro que perdí en un viaje y cuyo recuerdo, incluso por eso, resulta mágico y revelador. Y no sólo los personajes de sus novelas o los de sus cuentos están cautivos de un amor imposible y liberados por una ambición de absoluto que cultivan en su gusto por la vida, ella misma y su relación con Morton Fullerton, el hombre a quien conoció una tarde en París, y que la hizo escribir en su diario íntimo, una mañana de mayo, a los cuarenta y seis años: "¡Es el amanecer!" Ella, que era una dama discreta, que se había hecho al ánimo de que su vida emocional fuera como un letargo, acostumbrada desde siempre a solucionar con la cabeza los problemas del corazón, vino a descubrir, así de tarde, aunque nunca sea tarde, el azaroso amor, el peso, las alegrías y la pena de quien encuentra como un tesoro que no existía sino en los cuentos, una pasión, un lujo interior que deberá esconder.

Sus mejores personajes nacen entonces, los personajes con quienes uno se identifica desde el principio porque de un modo muy claro ella los ama y privilegia, porque contó una historia para darles vida. Sus mejores personajes aman y buscan, de distintos modos, lo mismo: "una sola hora que baste para irradiar una existencia entera". Por eso sufren siempre. Algunos temen y huyen, otros enfrentan su deseo con un valor al parecer inusitado y sin embargo presente desde la primera vez que irrumpen entre las páginas del libro que motivan. Porque siempre hay detrás de un libro de la Wharton el valor de su personaje más entrañable.

Aun cuando los derrota la hostilidad del medio en que viven, incluso a pesar de la tragedia, en sus personajes más queridos siempre hay un profundo sentido de lo ético y de la lealtad a sí mismos. Eso, según sé, es lo que movió a Martin Scorsese a desafiar su talento dirigiendo, como nadie, una película basada en los entresijos de *La edad de la inocencia*.

Hay quienes han calificado a Edith Wharton de conservadora, para condenarla, por supuesto. Yo creo que es una mujer que describió a su mundo con lo mejor y lo peor que cabía en él, que supo criticarlo, satirizarlo con maestría y crear personajes no sólo creíbles sino inolvidables, con una fidelidad y un ímpetu propio sólo de quienes lo habían padecido y enfrentado con audacia.

Ella fue desde muy niña una lectora insaciable. Y en cuanto empezó a escribir, no sólo una escritora cuyo gusto por las palabras la hacía decir cosas inteligentes y bellas, sino una profesional disciplinada, prolija y ávida hasta el fin de sus días.

Lo que no era Edith Wharton, a pesar incluso de la pena que podía dejar en sus personajes, es un ser triste, derrotado, falto de curiosidad y de imaginación. Todo lo contrario: era una mujer vehemente, aunque educada en la contención y los buenos modales, irrevocablemente marcada por tal educación, pero capaz de ironizar sobre la frivolidad o la mentira innata que rigió el mundo en que vivía.

Era una viajera más audaz que quienes ahora toman uno y otro avión en los aeropuertos de los Estados Unidos. Casada con un hombre al que la unía, escrito por ella, "su buen humor, su gusto por los viajes y los perros", empeñó alguna vez el dinero de su anualidad de rica, para gastarlo en seis meses comprando un velero en el que recorrer las islas griegas, ya que ahí no iba nadie en esos años más que en su propio velero y corriendo sus propios riesgos, que no fueron pocos.

En alguna parte de *Una mirada atrás*, su último libro de memorias, escribió:

> El hábito es necesario, es el hábito de tener hábitos, de convertir una vereda en camino trillado, lo que una debe combatir incesantemente si quiere continuar viva. Pese a la enfermedad, a despecho incluso del enemigo principal que es la pena, uno puede continuar viva mucho más allá de la fecha habitual de devastación, si no le teme al cambio, si su curiosidad intelectual es insaciable, si se interesa por las grandes cosas y es feliz con las pequeñas.

Gran escritora Edith Wharton, capaz como el mejor de crear tensión en cualquier diálogo de sólo unas palabras. Compañía generosa. Hay en mí ratos de silencio memorables gracias a sus libros, a sus cartas, a su descripción del tiempo como un ensueño capaz de convertir el letargo en pasiones. Además de ingeniosa, rápida, ligera, en el sentido en que lo propone Italo Calvino, Edith Wharton resulta brillante en todos los sentidos. Es de verdad un placer haberla conocido, tener el privilegio de quererla y tratarla con frecuencia. Aun ahora, casi setenta años después de que ella escribió en el principio de sus memorias, a sus setenta años: "La vejez no existe, sólo existe la pena".

NUEVA YORK CON LUCIÉRNAGAS

No soy de los que vieron Nueva York en el cine y la ambicionaron enamorados desde entonces. Soy, peor aún, de quienes le temieron al principio, de quienes por primera vez la pisaron con reticencia, negándose a la entrega, de quienes poco a poco, pero para siempre, cayeron en el abismo de sus encantos, enamorándose del lugar con una mezcla de fervor adolescente y deliberada pasión adulta. Fue hasta esta última vez, tras visitarla por días y vivirla semanas durante muchos años, que de verdad la dejé entrar avasallante y bellísima, tenue al amanecer, embriagadora por las tardes y hasta que la noche llegaba desde el Atlántico, abrazándola a pesar de cuanto se defiende con millones de luces y ruidos y almas apresuradas cubriéndole el corazón que tiene tibio como si anduviera siempre en amores.

Esta vez, al principio de abril, con la primavera incipiente cruzada de lloviznas, con el cielo nublándose hasta impedirnos la luna, con un frío de diciembre mexicano, consiguió rendirme a la veneración de sus luciérnagas y hacer que de repente no sólo esos días, sino muchos otros de los que la viví creyéndome a salvo de sus encantos, se volvieran significativos y tomaran mi ánimo con el hechizo de su aparente indiferencia, de su vocación de anonimato, de su mentiroso litigio con la idea de que cada persona es irrepetible, porque como pocos lugares respeta la certeza de que cada persona es única y por lo mismo irrepetible, original, preciosa.

Sólo estuve cuatro días. Por supuesto que no me dio tiempo de visitar otra vez todo el Museo Metropolitano, ni todo el de arte moderno, ni siquiera completo el Gugenheim. No encontré boletos para oír a Plácido Domingo por más que iba instalada en el derroche y los hubiera comprado sin pudor en la reventa, si en la reventa hubiera habido. No caminé Central Park todos los días, ni me compré un vestido excepcional, ni crucé con ardor diez veces por Rockefeller Center, ni vi un musical cada noche, ni comí tres veces en el Gino's, la comida italiana más deliciosa que haya pasado por mi boca, ni encontré a Tomás Eloy Martínez para darle el abrazo que le debo, ni vi a Thomas Colchie, mi agente, para reírme con su convicción de que un día venderemos en "América", diez veces más de lo que vendemos en América, ni alcancé a ir de compras o siquiera pasear tres horas por la Quinta Avenida para afinarme el gusto entrando a una tienda más sofisticada que el Banana Republic de la calle Lexington. Pero hice un poco de todo eso, y no sé cómo se mezclaría una cosa y la otra en el fondo de mi ánimo que recuperé de golpe el aroma de otras visitas y vi a través de la luz de esta última mezcla, cosas que no había visto en lo que vi antes. Quizás porque otras veces me empeñé en hacerlo todo y esta vez me dejé estar como quien busca un diamante sabiendo que ése no se busca, se encuentra. Además conversé horas y horas con mi amiga Lola Lozano que iba de ángel guardián preguntándose de qué me guardaba y con Julie Grau mi editora y amiga, otra que está segura de que un año cualquiera no sólo Nueva York, sino la inmensa y multimillonaria mujer dueña del programa de tele cuya recomendación vende libros como cafiaspirinas, leerán mis escritos con la generosa devoción con que ella los leyó sin haberme visto la cara, oído el nombre o conocido la risa que tan bien encontramos al encontrarnos.

Y caminé todas las calles y me rendí a todos los sueños que la ciudad quiso prestarme. Por unos días tuve el cuerpo convencido de que no hay edad más altanera, dichosa y resistente que los cincuenta años. No me dolieron los pies, ni la cabeza, ni el estómago, ni la espalda, ni el alma. Estuve cuarenta minutos detenida frente al gesto indeleble de la planchadora que pintó Picasso, bailé una tarde bajo la lluvia en la calle 25, esperando un taxi que no iba a llegar nunca y dejando que Lola se afligiera por las dos, en un ensayo inconsciente de lo que sufriría más tarde, también por las dos y sin que yo pudiera remediarlo, ni ir bendiciéndola por estar cerca como lo estuvo.

En las mañanas nunca me dio malestares la copa de las cenas, ni tuve miedo a que me robaran la bolsa, pánico a perderme entre el Village y el Metro, horror a encontrarme dos japoneses tomándose fotos en el lobby del Waldorf con la misma inocencia con que quisiera tomármelas yo, si no cargara con las dosis de fobia al ridículo que me han echado encima entre mi hermana Verónica y mis dos hijos. Fotos en la escalera que aún suena a la música de Cole Porter. Podría llevarme una y ponerla en mi estudio, pero esa pena ajena sí que no puedo provocárselas a mis vástagos. Así que sólo de eso me privé en esta visita. Pero de nada más. Ni siquiera de invocar a Corleone caminando por la vieja ciudad, menos aún de bendecir a la condesa Olenska por haberse atrevido a ser distinta en una ciudad que terminó siendo como ella la hubiera soñado: libre y beligerante.

Seguro porque me cayó encima tanta emoción inesperada, me llevé al aeropuerto una tal cantidad de energía sobrante que de pronto, sin más aviso que el sonido de la música tenue y rara que precede mi epilepsia, me perdí en una crisis. Y no en una cualquiera, de esas que muy de vez en cuando repican en mi cuerpo como el recuerdo de que ahí hubo un acantilado que turbó mi adolescencia y afligió a mis padres como si de verdad existiera el diablo, sino en una intensa, larga y aguerrida serie de crisis de energía en desorden por las cuales nunca acabaré de resarcir a la inerme, asustadísima y al fin de cuentas valiente Lola que fue conmigo a dar a un hospital de tercera en el Queens, del cual tengo y quiero tener muy escasa memoria.

Dicen las estadísticas que el dos por ciento de la población tiene epilepsia. No sé qué tanto sabrán las estadísticas, pero eso haría que sólo en México, yo esté acompañada en semejante despropósito por dos millones de personas. Sin embargo, tener epilepsia sería estar horriblemente sola, si no fuera por quienes a nuestro alrededor no la tienen y nos acompañan a llevarla y la miran sin hacernos sentir que les pesamos, que algo de maldición tenemos, que algo en alguna parte hicimos mal.

No me gusta hablar de esto, no me gusta cargarlo ni quejarme porque lo cargo, no me gusta ni siquiera pensarlo. Por eso voy a Nueva York y a donde tenga que ir, y volveré aunque lo haga caminando por el borde de un acantilado. Tuve la fortuna de nacer en el siglo veinte, de que hace muchos años existan la química y las medicinas, de estar casi siempre a salvo y de tener cerca la índole ardiente y generosa de quienes me acompañan cuando no lo estoy.

FIEL, PERO IMPORTUNA

"Ésa es una enfermedad de genios", me dijo hace mucho uno de los escasos pero intensos amores imposibles y al mismo tiempo entrañables con los que he dado en la vida. Tenía casi sesenta años más que yo. Podía haber sido mi abuelo, o un padre tardío, si yo hubiera salido de él. Pero fue mi amigo-amigo, como pocos he tenido, y aún lo lloro de sólo recordarlo. Desde sus ochenta y siete, aquel hombre siempre guapo, me dijo eso de los genios para consolar la zozobra que me daba ir, cuando joven, con un mal que a la fecha, es a mí, como mi hermano, lo mismo que es a Miguel Hernández la pena: "Siempre a su dueño fiel, pero importuna".

—¿De qué color tendría los ojos tu epilepsia? —quiso saber este hermano.

—Grises —dije.

—¿Como los de quién?

—Como los de un diablo perdiéndose entre el paraíso y el olvido.

—¿La muerte tendría sus ojos?

—Ojalá, porque sería una muerte casi sorpresiva, pero me daría tiempo suficiente para dejarle dicho al mundo y a quienes amo en él, cuánto los echaré de menos cuando mi cuerpo se haya mezclado con las raíces de un árbol casi azul de tan verde y amarillo, o las de una buganvilia acariciada por aires que no conoceré jamás.

—¿Da tiempo para decir algo?

—Muchas cosas. Más aún si uno supiera que en vez de ir a perderse en un abismo, del cual hay un retorno extenuante y una especie de vergüenza triste por haber asustado a los otros con la electricidad que no pudimos contener en nuestro cuerpo o sacar de un modo menos abrupto y perturbador, uno pensara, como cuando la muerte avisa, que se está diciendo adiós en esa despedida, sin más regreso que las marcas que hayamos podido dejar en la memoria de los demás.

—¿Da tiempo de ver algo, de oír algo?

—Hay quien ve luces o fantasmas o sueños. Yo no. Yo escucho ruidos como luciérnagas, oigo fantasmas que acarician, siento una música que parece un sueño, que podría ser el envío excepcional de un clarinete imaginado por Mozart o tres acordes de Schubert o un trozo de la voz inaudita de María Callas. Sería un júbilo ese eco si no supiera yo el destino al que me guía. Nunca he conseguido escucharlo y volver a tenerme sin antes haber perdido la conciencia por un tiempo que no sé ni siquiera cuánto puede durar. De ahí que le tema tanto como me agrada. Por eso siempre preferiré escuchar a Mozart con la Filarmónica de Budapest, a Schubert cantado por María Callas y a María Callas cantando lo que haya querido. Pero esa música viene de adentro y es como es y no como uno quiere. Sin embargo, es hermosa. Aseguro que si otros pudieran oírla, dirían que es hermosa y hasta algo de compositor se creería que hay en un vericueto de mi cerebro, en las ligas que hacen y dejan de hacer las neuronas encargadas de probarme que nadie manda sobre su cabeza. Menos aún, sobre su corazón.

—Escríbele un poema.

—No sabría cómo. Mirarla puede ser un poema atroz. Para decirla habría que ser Jaime Sabines. Yo la siento. Y sólo sé que llegaría a gustarme si un poema de Sabines fuera. Pero no fue un poema. Puede ser un temor, pero también un desafío. Yo he querido verla como un desafío. Así supieron verla quienes me crecieron y quienes han ido viéndola conmigo. Así me ayudaron a buscarme la vida en lugar de temer sus desvaríos.

Cuando murió mi padre, en el naufragio de su escritorio encontré unos papeles que por primera vez le pusieron un nombre a lo que siempre se llamó vagamente "desmayo". Tal nombre aprendí a decirlo con la certeza que en las noches oscuras nos dice despacio: habrá de amanecer. Haría entonces unos cinco años que habían empezado los "desmayos" y yo no les temía, porque simplemente no sabía lo que eran. Sí me daban tristeza, pero luego aprendí que tristeza dan aunque uno sepa que otros los llaman epilepsia. Y eso es parte del juego todo. Del extraño juego que es vivirla como una dádiva inevitable.

Cuando encontré los papeles, me había mudado a vivir a la ciudad de México. Aún no era el monstruo en que muchos dicen que se ha convertido, pero ya se veía como un monstruo. A mí me apasionaba por eso. Porque uno podía perderse en sus entrañas, recuperarse en sus escondrijos, cantar por sus travesías inhóspitas, dejarse ir entre la gente que caminaba de prisa por calles con nombres tan magníficos como "Niño Perdido".

No se me ocurrió mejor cosa que irme a buscar a los epilépticos al Hospital General. Los encontré. Me asustaron. Muchos eran ya enfermos terminales y tenían crisis cada cinco minutos. Eran, de seguro, personas que fueron abandonadas desde la infancia a su mal como a una cosa del demonio. Se hacía por ellos lo que era posible, que era poco. Cuando le vi la cara al nombre, tuve más reticencias que terror. De cualquier modo, en muchos meses no volví a subirme a un Insurgentes-Bellas Artes sin un tubo de "Salvavidas". Esos caramelos de colores, que no sé si aún existan pero que me ayudaban a iniciar conversación con mis vecinos de banca para decirles que podría pasarme algo raro, que luego describía tan de espantar como lo vi, pidiéndoles después que no se asustaran, que yo vivía donde vivía y me llamaba como me habían nombrado. Lo único que conseguí entonces fue asustarlos sin que pasara nada nunca.

Luego corrió el tiempo generoso y lleno de un caudal distinto, de amores nobles, delirantes o devastadores, de pasiones nuevas como la vida misma y, en menos de un año, volví a perder hasta la precaución, ya no se diga los temores. Más tarde encontré, para mi paz, un médico que no sólo conoce los devaneos del demonio con ojos grises, sino que me ha enseñado a olvidarlos de tal modo que no acostumbro hablar de ellos, que duermo menos de lo que debería y a veces hasta gozo el desorden de unas burbujas como si pudiera ser siempre mío.

146

¿Qué otros nombres le pondría, qué tipo de conocimientos, de intimidad, de frustración, de dicha, incluso, me ha dado?

—Eso —dije a mi hermano—, te lo cuento otra tarde. Daría para un libro, pero tantas cosas nos pasan, que este ángel fiel prefiero guardarlo en mi muy personal biblioteca de asuntos inoportunos para leer a solas.

LA INTIMIDAD EXPUESTA

Tal vez de todos los ires y venires que el vértigo del siglo veinte dejó correr sobre la intimidad, exponerla, sacarla de la poesía y las novelas a las revistas y al cine, de los confesionarios a las plazas haya sido el más drástico. Y la expuso no sólo por el indeleble placer de mostrarla, sino por el generoso afán de generalizar algunos privilegios. El placer y las audacias, entre otros.

Desde siempre hubo seres cuya privilegiada lucidez les permitió hurgar en lo más interesante de nuestros recovecos. Quizás nada muy nuevo nos haya tocado descubrir sobre la intimidad. Sin embargo, nos ha tocado nombrarla, enseñarla, y al hacerlo, trastocarla sin retorno ni remedio. No se descubrió el orgasmo femenino en los últimos tiempos, pero sí dejó de pensarse que quienes se perdían en él eran unas perdidas. Nombre que se daba a las putas, que eran algunas de las mujeres más encontradas con las que hombre alguno pudiera dar. Sí que debió ser arduo andar por la vida de mujer cuando hacerlo era no mostrar, callarse, aceptar. Pero también debió resultar una calamidad ser de los hombres que convivían con tales mujeres.

Pero quién diría que ahora mismo puede ser fácil ir por la vida de hombre, o de mujer, creyendo que la intimidad y sus glorias privilegian a quienes la consiguen y animan. Quienes le conceden importancia a la intimidad y no sólo la consienten, sino la procuran como lo mejor de sí mismos, no siempre la pasan bien. Sin embargo, evitar la intimidad, prohibirla, castigarla, inhibirla, monogamizarla, debe ser mucho más arduo. Si un libro me gustaría saber contar, es uno que sólo eso contara. ¡Cuántas cosas en una! La intimidad permisiva como afán y descubrimiento, como lujo, derrota y júbilo.

Mi familia materna tenía el buen hábito de hablarlo todo. Hasta el desafuero y la necedad, las cosas que le pasaban a uno les pasaban a todos. Así que, cuando por ahí de los años setenta, algunos dimos con la intangible palabra orgasmo, la llevamos a la mesa de las conversaciones como quien lleva un chocolate.

Mientras transcurría la conversación de los nietos, nuestra abuela paralítica, y aún dueña de un entusiasmo pueril, dibujaba flores en un cartoncito, como si no escuchara. Al cabo de un rato, levantó la cabeza que era como un milagro de facciones pequeñas señoreadas por el lujo de unos ojos turquesa, y le preguntó a nuestro abuelo:

—Sergio, ¿qué es un orgasmo?

—Un orgasmo, mi querida María Luisa —dijo el abuelo—, es un órgano alemán que tocaban los protestantes.

A la fecha nos reímos al recordarlo. Sin embargo, ¿supo la abuela lo que era un orgasmo? Yo creo que sí. Aunque no supiera nombrarlo, ni le importara, la oí muchas veces hablar de su enamoramiento primero, del modo en que mi abuelo se había puesto los guantes al despedirse una tarde, de cómo recorrieron en motocicleta el norte y cómo pasaron por debajo de las cataratas del Niágara. Los oí muchas veces, y algunas los miré mirarse como si aún recordaran su piel entre las sábanas.

Dirán ustedes que desde entonces yo guarecía en mi ánimo a una niña fantasiosa, no voy a negarlo, ahora sigo cargando con una mujer fantasiosa que para su desventura ha perdido la contundencia y ya no sabe ni qué decir en torno a uno de los temas que más han ocupado y ocupan su cabeza. La impredecible, devastadora, efímera, eterna, iluminada, magnífica, generosa, hostil, imprudente, recatada, ruin, milagrosa, atroz y llena de prodigios intimidad.

Yo no encuentro mejor razón para estar viva, mejor impulso para seguir estándolo, más interés para la propia literatura que el de recrearnos con las dichas y desdichas, sean lo que sean con tal de que sean intensas, de la intimidad.

Nada tan contradictorio como las emociones, crestas y desfalcos que nos haya traído la intimidad, nada tan codiciado, nada tan por las tardes compartido durante memorables horas de recuento.

Esa magnífica serie de libros que nos relata la Historia de la vida privada va dándonos muestras de cómo ha cambiado la intimidad a lo largo de los siglos. Y en los últimos tiempos, para decirlo rápido, de la época en que yo era niña a mediados del siglo pasado a, ya no digamos a este ambicioso y global principio del siglo veintiuno, sino a los desatados años setenta del siglo veinte, la intimidad cambió como cambian las estrellas según las estaciones.

Quiero recordar cien vuelcos, pero diré uno. Me dijeron que la virginidad era un tesoro. Igual se lo habían dicho a mis bisabuelas, mis abuelas y mi madre, sin que nadie contradijera el dicho. Pero cuando llegué a la Facultad de Ciencias Políticas a los veinte años, cargada con semejante tesoro, fui vista con tal conmiseración que aún me doy pena al recordarme. "¿Y ni siquiera te masturbas?", me preguntaron.

¡Qué escándalo! Dormí entre sobresaltos preguntándome cómo había podido vivir hasta entonces. Y sin demasiados besos. ¿A quién pudo ocurrírsele que aquél era un mérito? Consideré de un día para otro que sería mi deber ponerle remedio a semejante desatino. Y se lo puse. Pasé entonces de la feria de la abstinencia a la del derroche. Y de cualquier manera, ¿qué? No quise quedarme sin explorar lo posible, pero seguí ambicionando lo inaudito.

Exponer la intimidad, soltarla, nos ha dado libertades y derechos de búsqueda que no existían, hasta los muebles de nuestras casas tienen un movimiento y una naturalidad que no tuvieron (las recámaras de los niños de mi infancia eran para dormir y estar enfermo, no para ver la televisión, cenar, jugar Nintendo, recibir a los amigos, brincar en las camas y firmar las paredes, como han sido las recámaras de mis hijos), sin embargo, aún estamos inermes frente a la intimidad. Sepamos cuanto creamos saber, hayamos caminado con el clítoris al derecho y al revés, conozcamos los más drásticos secretos del gozo, hayamos visto en la vida y el cine todos los cuerpos desnudos y brillantes que no vieron nuestros abuelos, la intimidad, de cualquier modo, nos arrasa. Al enfrentarla, nuestros hijos, por más que nos digamos que les hemos dado elementos, soltura, naturalidad, tal vez estén tan inermes como nosotros. La intimidad, ese monstruo mezclado de hadas, pasa por el amor y, por lo mismo, por el desasosiego, pasa por la memoria y sus acantilados, pasa por la rutina, las pieles incendiadas, el olvido.

Hemos exhibido la intimidad, vamos teniendo por eso mismo derecho a más gozos, pero también a más derrotas. Sabemos más de nuestras alegrías. Ya que hemos aprendido a decirlas, quizás consigamos aprender de nuestras derrotas. Pero no por eso somos menos vulnerables, menos propensos al amor y sus desfalcos, menos ávidos de lo inaudito. La intimidad, por más que la expongamos, siempre será un abismo conmovedor y asombroso capaz de ponernos frente a lo impredecible. No importa cuánto la nombremos, siempre será necesaria una clave mágica para abrir ese sésamo y entender sus tesoros.

DON LINO EL PREVISOR

Cuando conocí a don Lino, él tenía cuarenta y seis años, una incesante disposición a la bravuconería y la lengua más larga y llena de ficciones que yo hubiera visto. Ahora lo han alcanzado los sesenta años, sigue teniendo la lengua larga y las ficciones a la orden del momento, pero lo bravo se le ha ido quitando y le ha quedado entre los ojos y en las maneras de sus pasos un gusto y una urgencia de vivir en paz que casi encuentro contagiosos. Hace catorce años, don Lino vivía en una casa de paredes huecas y sin aplanados, cuya propiedad estaba en duda. Él la había levantado en unas semanas, en un terreno de nadie que debió ser de alguien, y sobre el que pesaba la irregularidad de una a otra pared. De semejante casa, don Lino sacaba cubetas de agua para mojar a quienes se acercaran a pedirle un voto contra el PRI.

"No señores —solía decir—, a cada quien lo que es de cada quien. Yo no tenía dónde caerme muerto, mi padre desapareció desde que era yo niño, nadie vio por mí nunca, yo solo he tenido que ganarme cada ladrillo de mi casa y cada peso que les doy a mis hijos, pero el terreno lo conservo gracias al PRI y no voy a traicionarlo si me necesita."

Este tipo de discursos los tuvo en la punta de la lengua y a disposición de quien quisiera escucharlos durante tantos años, que cuando hace tres lo vi cambiarse al PRD sin más aviso que una breve conversación, imaginé que algo grande se había fracturado en su ánimo.

Sin embargo, en todo lo demás, menos en su voto y su extraño silencio en torno a su ruptura con el PRI, permaneció tan inalterable, callejeador y parlanchín como siempre.

Es la persona que con más facilidad se hace de amigos que yo haya visto en la vida, cualquiera que necesite adeptos debía tenerlo entre sus huestes. Conversa con quien se deje y con quien no, se encompadra con los chinos que lavan camisas, con la mujer de la tintorería en Juan Escutia y los cuidacoches del mercado en Montes de Oca. Le presta al zapatero de Colima y le pide prestado lo mismo a doña Emma que a mí que a la gerencia de la revista *Nexos*. Pero con todos cumple, a todos tiene bajo cuidado, a quien le pide trabajo se lo consigue y a quien le pide un trabajador se lo encuentra. Viven con él su madre de ochenta y tantos años y su esposa de abolengo adventista. Tiene una colección de hijos y nietos distribuidos de Baja California a Cancún y dispuestos a votar cada cual por quien mejor se le apetezca y le convenga, sin por esto fraccionar las lealtades familiares. De ahí que sea fácil convertirlo en encuestador y no quedar muy lejos de los resultados.

Don Lino es un hombre que trabaja hasta la zozobra.

Los domingos cuida una milpa en el pueblo, de lunes a viernes hace en mi casa viajes de todo tipo, y al salir a las seis tiene un taxi que maneja hasta las nueve de la noche y una parte del sábado.

Creo que se debió al taxi y al papeleo propio de tenerlo que se disgustó con el PRD a los pocos meses de haber colaborado a ponerlo en el gobierno del Distrito Federal.

Fue ahí cuando me acabó de quedar claro que los apegos políticos de don Lino carecían de pliegues y de motivaciones reivindicativas de la Patria, los demás, los menos afortunados o cualquiera que no fuera él mismo y los miembros de su clan. Por eso nunca ha engañado a nadie, está con quien lo cobija, y descobija a quien deja de estar con él, o así se lo parece a su muy particular punto de vista. De ahí que ahora me tenga tan sorprendida su reciente tendencia a dudar de por quién votará en las próximas elecciones. Él, en quien nunca cabía la duda. Él, que a su decir ha prosperado como nadie en la colonia y luego le ha dejado la casa chica a su hija y se ha construido una más grande en terreno regularizado y otra en el pueblo al que sale corriendo en cuanto la vida le permite robarles unas horas a los múltiples deberes que toma y deja según le vienen las finanzas; él, que está guardando dinero para que unos mariachis empiecen a tocar en el instante en que se muera y no dejen de hacerlo sino hasta que esté bajo la tierra de un cementerio bajo el Nevado de Toluca. Él, que sabe con meses de anticipación cuándo empezará a llover y hasta cuándo durarán los incendios forestales; él, a quien nunca detiene un policía más de cinco minutos; él, que se duerme mientras yo peroro en una sala de conferencias y al verme salir, con el rabo de un ojo, despierta y asegura que nadie pretendió asaltarlo mientras se abandonaba a sus sueños con las llaves pegadas al encendido del auto. Él, que tiene la certeza de que el teléfono celular descompone los imanes que lo curan de un posible cáncer; él, que tiene recetas para cada uno de los achaques de cada quien, dijo con desazón hace unos días cuando le pregunté por quién votaría esta vez:

—Estoy confundido.

—No puedo creerlo. ¿Y sus amigos, por quién van a votar? —dije, urgida de saber si como siempre tendré una encuesta confiable antes de que los encuestadores formales acaben de ponerse de acuerdo.

—Están divididos. 'Ora sí no se ve por dónde —respondió consternado.

—No le entiendo —dije.

—Esta vez no consigo saber por dónde viene. Y yo siempre voto según por donde venga.

—¿Por donde venga qué? —pregunté, para quedar como la dueña de un terreno en la luna que él siempre ha pensado que soy.

—Pues el que vaya a ganar —dijo—. Hay que votar por ése para no perder uno.

—¡Ah! —contesté desde mi terraza en la luna—. Y si usted vota por el que parece que va a ganar y ése no gana, ¿qué hará?

—Eso no pasa —dijo—. Por el que yo vote gana siempre.

TERCAS BATALLAS

La verdadera desgracia de Marta Santiago empezó junto con su incapacidad para comprender por qué mujer soltera de su estirpe y pasiones no podía enamorarse de hombre casado por más pasión y buena estirpe que lo guiara. Que él tuviera varios hijos cuando ella acunaba un vientre nuevo no parecía impedimento mayor en la década de libertades recién pulidas que cobijó el desenfreno de los años setenta. ¿Por qué detenerse ante un pacto cuya validez llevaba más de un siglo de ser severamente criticado? Si no por la mayoría, que nunca se ha caracterizado por criticar nada a buen tiempo, sí por la mente lúcida de seres cuyos libros ella había tenido quién sabe si la buena fortuna, pero sí la fatalidad de encontrar entre las altas paredes de la biblioteca universitaria en la cual se encerró muchas tardes a cumplir las desordenadas recomendaciones bibliográficas de un puño de maestros seguros de que el mundo estaba por fundarse en la mente y la intrepidez de todos y cada uno de los alumnos que por entonces cruzaban las aulas.

No soy capaz de repetir la lista de tratados y novelas que recorrió durante su estancia en la universidad, baste sólo contar que tal lista fascinó con su infinita extravagancia el corazón de Marta, y que con ella labró sin más el código de su educación sentimental. No había gran orden, pero tampoco desconcierto en aquella mezcla. A su sombra, Marta perdió los miedos y aprendió a vivir bajo la incertidumbre del siglo, sin más paradigma que una deslumbrada ambición de libertad. Se volvió una mujer de incansables atardeceres y tercas batallas, que al final de los años setenta había probado el amor en varios frascos y se ganaba la vida haciendo un trabajo grato, por el que no le pagaban mal.

Se creía invulnerable, era experta en dar consuelo a las amigas con amores infortunados, en acompañar depresiones, euforias y desacatos varios. No le hacía falta más, le bastaban el sol y sus dos piernas. Con ellos tuvo suficiente para recorrer el país y no ambicionar la metafísica. No le hacía falta más, por eso lo buscó.

El hombre tenía un andar pausado y unos ojos de miel que lo hicieron codiciable desde el primer momento en que la vida lo llevó a pararse sobre el incierto vivir de Marta.

"¿Te gustan las alcachofas?", le preguntó, como hubiera podido preguntarle: ¿Te gusto yo?

Al menos ésa fue la sensación que recorrió siempre el cuerpo de Marta cuando invocaba el momento aquel, frente a la lluvia de una tarde verde.

De ahí para adelante, todo fue reto y tributos a Coatlicue, la diosa de la tierra y los corazones sin luz.

"Con que no me embarace estaré en santa paz mientras duren las glorias de este amor", se dijo, y acudió a los métodos anticonceptivos más modernos de la época.

Así empezó mirándolo al principio, como un amor sin más futuro que la mañana siguiente. Pero tras varias semanas de una tarde tras otra uncida a la pasión de aquellas manos apretadas a su cintura, dejó de imaginar la vida lejos del cuerpo y la lujuria de un hombre que habiéndole jurado fidelidad eterna a otra mujer, enhebraba su cuerpo al de Marta con la naturalidad con que hubiera entrado en la casa de su infancia. Y no había juego, ni deseo, ni reclamo que no encontrara contento sobre la cama y los milagros de aquel par de locos. ¿Quién lo hubiera soñado?: después de sus amores había tal cosa entre ellos como el sosiego color naranja que sólo alcanzan algunos dioses.

Como por esos días no se hablaba tantísimo de los múltiples males que acarrean los cigarros, ellos fumaban sin remordimientos tras ir y venir buscándose las estrellas en el cuerpo. Prendía su cigarro con unos cerillos que se prestaban a prolongar el juego de aquella idolatría cuando al soplarles para apagar su llama no cedían, empeñados en su diminuto incendio.

Quién sabe de cuál vieja premonición se sacaron aquello de que llama que no se apaga al soplarle, quiere decir dueño de amores que no se gastan. Pero así las cosas, él mantuvo siempre el cerillo entre sus dedos sin soplarle sino hasta que la llama, comiéndose el pabilo, empezaba a quemarle las yemas. Entonces ella se burlaba de su tontera mientras le hacía juramentos al oído.

Que el hombre era casado y dueño de otros paraísos, no lastimó a Marta sino hasta la mañana en que lleno de culpas y asustado como si dentro de él viviera algún demonio, le contó a Marta que su esposa, esa señora que ella mal llegó a pensar que no existía, estaba embarazada del quinto hijo, y no precisamente por obra del Espíritu Santo. Sólo entonces, presa de unas furias que no debían caber en el cuerpo de lo que ella y sus teorías consideraban una feminista cabal, se estremeció de tristeza y celos y se quiso morir y matarlo, volverse loca o tonta para toda la vida. Salió corriendo al primer bar y a su mejor amiga, una mujer en cuya paz de alma vertió la quemazón en que ardía y sobre cuyo regazo lloró hasta el amanecer en que borracha de ron y Coca-Cola volvió a su casa de soltera codiciada, con buen trabajo y libertades vastas, a dormir la desgracia todo el fin de semana.

No bien abrió los ojos al lunes, sintió de nuevo una guerra en todo el cuerpo.

"Pinches hombres", dijo, levantándose a trabajar en las euforias de una campaña publicitaria que ganó por concurso al fin de la semana.

"Pinches hombres", se dijo, y no volvió a contestar el teléfono ni a dejarse mirar por los ojos del casado aquel al que juró poner en la historia de sus desaciertos, aunque no pudiera arrancarlo ni de su imaginación ni del caprichoso anhelo de su entrepierna.

"Pobre gente", leyó en Pessoa. "Pobre gente, toda la gente."

Durante dos meses rumió una soledad como un abismo y no tuvo ganas de pensar en nada, ni en el sentido íntimo de las cosas, ni en el orden implacable que debe regir las menstruaciones de una mujer que todas las noches toma anticonceptivos. Llevando un vaso de agua a la fuente de sus mil dudas visitó a la doctora Ledezma, la ginecóloga más comprensiva de la larga ciudad, quien tras breve y ceremoniosa indagación puso sobre sus oídos una noticia que no pudo sonar sino a penumbra. Tenía dos meses de preñada.

No se habló mucho. ¿Qué de mucho podrían decirse dos mujeres sensatas y tristes? En México está penado el aborto. Se castiga con cárcel para quien lo practica y para quien lo reclama. Ambas lo sabían. Pero una estuvo dispuesta a practicarlo cuando la otra se lo pidió como quien pide que le abran una puerta para salir del infierno. Y Marta no lloró, porque hay dos cosas que una mujer puede evitar mejor que nadie: una de ellas es llorar, por más que los actuales anuncios de El Palacio de Hierro se empeñen en decir lo contrario. La otra es embarazarse, por más que Marta se hubiera embarazado a pesar de todas las modernidades que utilizó para evitarlo.

Se hicieron amigas. Varias veces durante los siguientes diez años Marta remitió con la doctora Ledezma a cuanta mujer en circunstancia de fertilidad indeseada le pidió ayuda y consejo. Nunca faltaba alguna a la que ayudar incluso con la paga. Cada quien su batalla, Marta dio ésa sin alarde y sin tregua.

Con el tiempo y una cantidad adecuada de noches en vela, cambió la publicidad por el periodismo y convirtió la destreza con que solía hacer frases para campañas po-líticas en una pausada vocación por la poesía. No estaba sola. El hombre al que unió sus amaneceres se había ena-morado poco a poco, a lo largo de largas dos horas, de la aureola de rizos diminutos que Marta dejó de alaciar sobre su frente. Nunca se casaron. Tenían hijos, una casa y una pléyade de amigos en común. Pero ésa es otra his-toria, la de hoy sólo tiene que ver con eso que Marta al-guna vez llamó su verdadera y única desgracia, y con aquella doctora que le salvó el cuerpo de la falsa compa-ñía que había olvidado en él su amante. La doctora Ledezma, a quien Marta y sus amigas perdieron de vista de repente porque de un día para otro su consultorio se esfumó de la faz de la colonia Roma. En vano la busca-ron los grupos feministas y las mujeres desoladas. De-sapareció. Como si no urgieran médicos con su cordura entre las manos.

Casi pasaron otros diez años durante los cuales la pa-labra democracia se puso tan de moda, que todas las pequeñas causas a su alrededor palidecieron frente a la euforia nacional que la invoca como el único sortilegio capaz de mejorar la tierra de nuestros mayores y la de nuestros hijos. Tal fue el énfasis y las alegrías que produjo que Marta dio en creer con toda la gente, que al conseguir la democracia como quien encuentra oro, todo vendría por añadidura y nada faltaría por resolver que no pudiera encontrarse en Internet convertido en historia.

Despenalizar el aborto parecía una causa vieja. Ya nadie hablaba de eso, sonaba a los setenta, a los días de la guerra sucia en que un amiga de Marta perdió a su novio en una balacera de la que nunca informó ningún periódico, a la época en que los presidentes de la República hacían campaña sin tener rival, a las tardes en que era una vergüenza pedir un condón en la botica. Según el decir general, ahora el país había cambiado, al menos eso decían el radio, los noticieros y hasta las telenovelas.

Eso, sin embargo, no lo dice aún el Código Penal que nos rige. Para el Código de 1931 mil cosas no han cambiado, entre ellas la que se refiere a la penalización del aborto. Y esto a Marta, convertida en madre de adolescentes y líder de un suplemento cultural próspero y posmoderno, se le había simplemente olvidado. Sin embargo, la voz de la doctora Ledezma saliendo de su contestadora como un enigma por resolverse le alegró una mañana. Quedaron de comer juntas.

No la hubiera reconocido. Marta la recordaba unos diez años mayor que ella, pero la mujer que la abrazó a la entrada del restorán estaba hecha una anciana.

—¿Doctora Ledezma? —pudo decir.

—María Ledezma —dijo la mujer, extendiendo una sonrisa triste—. Hace tiempo dejé de ser doctora.

Se pusieron a conversar como no lo habían hecho jamás. Marta no tenía tiempo de conversar en los setenta, y la doctora Ledezma menos.

—Me he tardado —dijo María Ledezma después de una hora de recontar la atroz peripecia que la arrancó del consultorio—, pero estoy empezando a perder el miedo. No me lo vas a creer, hasta hace casi un año hablaba siempre bajo, como si temiera que mi voz se escuchara. La pasé mal.

—No lo dudo —dijo Marta, inclinándose para besarla—. Te extrañamos tanto. ¿Por qué no pediste ayuda?

—Porque no pude pensar en otra cosa que en esconderme. Hasta de mí misma quería esconderme.

Marta quiso sonreír y proteger a su amiga con la perfecta luz de sus dientes, pero no le dio el ánimo. Así que se conformó con extender su mano hasta la de ella y apretarla.

María Ledezma le había contado una historia larga, que resumió para ahorrarle sinsabores:

Ella estaba una tarde de tantas, con la antesala del consultorio llena de tantas mujeres como siempre, cuando irrumpieron en su oficina dos judiciales. Marta los imaginó avasallando la tibia sala de la doctora y no pudo evitar que la estremeciera un escalofrío.

"Usted practica abortos —le dijeron—. Usted es una asesina, tiene que venir con nosotros."

No la dejaron hablar. Ni de qué hubiera servido. Se la llevaron a un encierro de tres días, durante los cuales informaron a los periódicos sobre la vida y malos milagros de la cazacigüeñas. Sus hijas adolescentes no querían verla más, su marido se creyó cubierto de vergüenza y la visitó en la cárcel para pedirle que cediera en todo lo que le ordenaran. Media hora después entraron a su celda otros judiciales con un escrito largo que ella debía firmar si quería la libertad. Y la quiso. Como al aire y la luz de marzo quiso correr de aquel encierro. En el texto que firmó aceptaba ser ella la autora de un aborto practicado a la novia de un asesino. ¿Con qué propósito la hicieron firmar eso? Con el de quedar a salvo de la culpa de haber torturado a esa mujer hasta sacarle un conato de hijo y la febril confesión de que su novio había matado a un hombre al que por otra parte, sí había matado. Esmeralda se llamaba ella, y era la novia de Moro Ávila, el asesino de Manuel Buendía.

La doctora Ledezma no quiso ni volver a su consultorio. Su marido se hizo cargo de cerrarlo antes de morir de un infarto. Con los años, sus hijas acabaron por entender las razones que ella no les dio a tiempo y que una buena parte de la sociedad "posmoderna" aún censura y rechaza. ¿Qué remedio? La democracia no ha traído todos los bienes, lejos está. ¿Quién manda sobre el cuerpo de quién? es una incógnita que aún no nos atrevemos a resolver.

Marta lo sabe, como tantas otras. María Ledezma entre ellas.

Sobre la mesa pasó un ángel. María apretó un cigarro entre los dientes, Marta se lo encendió con un cerillo que detuvo entre los dedos hasta que la flama le quemó las yemas antes de extinguirse.

—¿Sigues creyendo que el amor no se gasta? —le preguntó María Ledezma con el preciso recuerdo de su primera conversación.

—Si lo dudara me bastaría con verte. ¿Dónde quieres que firme?

María Ledezma extendió su desplegado y Marta firmó un alegato en torno a la necesidad de actualizar el Código Penal incluyendo tres causas más de aborto no punible.

—Habría que despenalizarlo completo. Se oye todo tan antiguo.

—En tu cabeza.

—Pero, ¿a quién sirve que un aborto sea delito?

—Marta, baja de tu nube —pidió María Ledezma.

—Hago lo posible —se disculpó Marta, inclinándose sobre la mesa y pasándole un brazo por el hombro a la envejecida doctora. Después jugueteó con la cajita de los cigarros y buscó los cerillos para encender otro.

Empezaba a oscurecer. Eran las ocho de la noche del nuevo horario y el viejo código penal imperaba aún sobre la patria de ellas y sus hijos.

"Pobre gente" —dijo Pessoa. "Pobre gente toda la gente."

VOLANDO: COMO LAS BALLENAS

Nunca he podido pensar en los ires y venires de la maternidad sin estremecerme. Ni de niña cuando seguía a mi madre por la casa como si en el llavero que ella solía cargar de un lado a otro tuviera la llave de un reino. Menos ahora, que la veo vivir igual que si por fin hubiera descifrado las leyes del enigma. Doy por sentado que, una vez adquirida, la maternidad es tan irrevocable como aún es versátil la paternidad.

Hace poco estuve cavilando estos dislates mientras miraba al árbol lleno de grillos que crece por encima de mi ventana. Entonces no se me ocurrió mejor cosa que tirarme al llanto como si se tratara de cantar un tango.

Es un arce y lo sembré hace quince años acompañada por la euforia de mis dos hijos. Tengo una foto de esos días: estamos los tres junto al remedo de árbol y yo luzco dueña de una paz meridiana. La tenía entre las manos. Al menos así lo recuerdo. Tenía también dos niños con invitados frecuentes y largos fines de semana para el cine, las excursiones, las fiestas en pijama, las tareas de recortar y pegar, el teatro y todo tipo de celebraciones con distinto disfraz. Entonces, además de hacerme líos con mi destino, un asunto que va igual que viene, descubrí la preñez que es de por vida.

Mi madre que, como le satisface decir, sacó adelante cinco de cinco, me miraba con cierta reticencia y algo de espanto cuando dejaba yo a los hijos brincar en los sillones de la sala, rentar más de dos películas en el videoclub o comer sobre la cama si era su gusto. Menos de diez veces lo dijo y más de cien debió pensarlo: "pues, o te sale muy bien o te sale muy mal".

Yo, como he dicho antes, estaba en un encanto. Había dado y seguía dando mi propia guerra, pero no sentía irse al mundo dejándome atrás mientras los acompañaba en las bicis o gastaba la tarde mojándome en las fuentes. Me sentía tan metida en el mundo como nadie, aunque el mundo, igual que siempre, rodara con sus trifulcas sin esperar.

Así pasaron para mis hijos las tres cuartas partes de los años que tienen y pasó para mí sólo un rato. Casi hasta ahora, cuando de repente crecieron para irse a la universidad, enamorarse de cuerpo entero y dejar de necesitarme para casi todo lo esencial. "Hola mami, adiós ma", los oigo decir como quien oye correr agua bendita. Todos los días resuelven con su solo andar la duda de mi madre: van saliendo muy bien.

El domingo pasado, frente a una puesta de sol tras el pedazo de mar Caribe que mejor me enloquece, un amigo dijo al ver a su cónyuge levantarse de un tirón tras el llamado de la hija: "Si está clarísimo: con las mujeres hay que ser padre o hijos, todo lo demás es un esfuerzo inútil".

Lo soltó para hacernos reír, nos hizo reír con la hilaridad de que a las mujeres los hombres no nos tuercen la vida cuantas veces se les da la gana, y a otra cosa todos y cada uno. Menos yo, claro está, que acostumbro levantar las palabras con su carga de arena.

Durante la semana se lo comenté a mi hija. A los padres se les consagra por mucho menos de lo que a las madres apenas y se les dan las gracias.

—¿No te parece injusto y real al mismo tiempo? —le pregunté—. Pobres de las madres —dije por primera vez, poniéndome bajo semejante categoría con cierta pesadumbre.

—Tiene lógica —contestó ella con la sabionda lucidez que la caracteriza—. Todo se vuelve más intenso. Lo mismo las cosas buenas que los conflictos.

—Pues lo he venido a descubrir como algo triste.

—Sí —dijo, haciendo un gesto que descifré como: pero es lo inevitable, y siguió:

—El tiempo que ponen las madres en los hijos es una prueba más de que la especie humana no es monógama. Creo que en todos los mamíferos son las hembras las que se hacen cargo de las crías. Los machos no están en la crianza.

Yo recordé el viaje a ver a las ballenas entrenando a sus hijos en el Mar de Cortés y hasta entonces me di cuenta de que ahí no vimos lo que cabalmente debería llamarse ballenos. No lo dije, pero debo haber hecho algún gesto como de resignación mientras ella explicaba más docta que nunca.

—En los pingüinos, que son monógamos, las hembras ponen los huevos, pero los machos los empollan. Y cuando nacen sus crías se turnan para ir a buscar comida. Parece ser que eso no pasa en el común de los mamíferos, eso de que los hombres estén cerca de los hijos es una moda reciente —sentenció, sacudiendo su melena oscura y abriendo aún más la franqueza de sus ojos.

Pertenezco con meridiana claridad a la generación de quienes quedamos entre unos padres a los que se acataba porque estuvo dicho que todo lo sabían y unos hijos que todo lo saben gracias al canal de Discovery. Sin embargo, y a pesar de la contundencia de sus reiteraciones, nunca tuvieron mis padres tanta autoridad moral como la que tienen mis hijos. Yo les he concedido una devoción que hace años le niego a cualquier dios. "Pobres criaturas —me digo— haciéndose libres a pesar de tal culto."

De cualquier modo lo consiguen como si nada. Quizás si yo fuera ellos me odiaría, fortuna tengo de que sólo me aclaran que es verdad lo que temí. Con quien más tiene uno, tiene más de todo.

—Voy a cortarme el pelo —se me ocurrió decir dos días después.

—A mí me urge ir —dijo mi hija.

—Pues ven, y a ver si cabemos las dos en una cita —arriesgué.

Eran las seis de la tarde. No cupimos en una cita. La ballena que soy dijo: "que te lo corten a ti". Y la díscola pingüino que no supe ser, sintió: "la verdad es que deberían cortármelo a mí, a fin de cuentas acabará queriendo igual a su padre, que nunca la ha llevado al dentista, ni a ver diez veces la misma obra de teatro, ni muchísimo menos a la peluquería".

Sin embargo, como es lógico, pedí que se lo cortaran a mi hija, porque así hubiera hecho una digna ballena de Baja California si se hubiera tratado de cortarse las colas por el gusto. A fin de cuentas yo también soy mamífero, y si no he tenido que ser monógama, sí me encanta hacerme cargo de las crías. No me harán un altar, no importa, con que me hagan un sitio en el sillón donde conversan estaré a salvo.

—¿Te cortaron el pelo? —pregunta mi hijo acomodándose entre su hermana y yo.

—Sí —dijo mi hija.

—No se te nota —contestó el hermano.

—Mi mamá lo notó.

—A ella tampoco se le nota y también fue. ¿Qué están viendo?

—*Out of Africa*

—¿Otra vez? Cómo les gustan las películas tristes.

—Quédate un rato —le pido—. Verla es como mirar las fotos de familia.

—Un rato —dice—, total ya nos la sabemos, esta función se ha repetido tanto.

—Y las que faltan —dice mi hija.

—¿Traes un secreto? —le pregunto a Mateo, haciéndole un lugar en el sillón.

—Ya sabes que es misterioso —dice Catalina, viéndolo de arriba a abajo y sabiendo que sí, que anda con un secreto.

—Adelántale hasta la parte en que vuelan sobre los flamencos —pido.

—No mamá, espérate a que llegue. Tú todo el tiempo quieres volar.

—Todo el tiempo —digo, y me acomodo junto a ellos como quien vuela.

CELESTES RESPLANDORES

Abrí los ojos a un día húmedo que puede sentirse aún dentro de las cuatro paredes de mi cuarto casi en penumbras. Afuera estará nublado, pienso. Afuera estarán los periódicos y el mundo como un reto infalible mezclado de inmisericordia. Afuera estará el dolor de tantos, la pena de tantos, la guerra de tantos, el miedo de tantos, la muerte.

Y estará la vida, conminándonos a mirarla como si fuéramos vivos eternos.

Subí al lago a las siete y media. Del agua salía un vapor frío y mágico. El chorro de la fuente bailaba sobre mi cabeza que iba tratando de no pensar. Me alegré de no ser talibán, de no ser suicida, de haber nacido aquí. Me alegré de no tener más religiosidad que la devoción por los seres humanos y la naturaleza que les da vida y el arte del que son capaces una y otros. Y cuando algo parecido a la tristeza quiso mezclarse en mis pasos, empecé a tararear una canción cualquiera.

El perro iba junto a mí, con su desorden y su dicha.

Había en el aire un rumor tibio de hojas claras. Me cobijé en ese pedazo de ciudad que es bello todavía. Caminé rápido, casi corriendo un rato. Ir de prisa en torno a ese misterio que puede ser el bosque despertando, los pájaros quitándose el agua de las plumas, los árboles aún húmedos, me devolvió la terca paz de contar siempre con mis fantasías.

Al rato salió el sol de entre las nubes. Un sol tímido y tenue, que no quería atreverse a desbaratar el encanto iluminándolo. Con la luz y la tibieza que traje de allá arriba, me enfrenté a los periódicos y a la guerra. No tengo ningún argumento para enfrentar la guerra. Sólo me da tristeza y no quiero mirarla. Si tú fueras Bush, me preguntan, ¿qué harías? Y entonces me da gusto no ser Bush. Creo que si fuera él, renunciaría. Creo que no sería él. Creo también que siempre habría alguien para ser él. Por desgracia.

¿Qué pensar?

Me había preguntado tantas veces: ¿cómo vivía la gente en México mientras la guerra se comía Europa pocos años antes de que yo naciera? Ahora empiezo a sentir que lo sé. La gente vivía.

Se enamoraba, tenía pasiones equivocadas, iba al trabajo, se desenamoraba, hacía hijos, los veía crecer, recorría un lago en velero, se metía al mar, contemplaba las montañas, tenía misericordia de sí misma, y en un hueco de su existir sentía pena por los otros, mientras trataba de olvidarlos. Vivía sin más, como vivimos ahora nosotros: hablamos de la guerra, le tememos, nos espanta, nos enerva, nos entristece, la espantamos. Hacemos el día y a la mañana siguiente volvemos cada uno al ritual con que empieza su jornada, mientras pueda empezarla.

Yo vuelvo a caminar llevando al perro que aún rumia su amor del domingo. Tuvo un romance de gran cumplidor, y seguramente buen memorioso de poesías inolvidables, con una perrita de raza indefinida. Sus dueños tienen un puesto de dulces en Chapultepec y hace meses que nos llamamos consuegros y que me tenían prometida a su no muy limpia pero adorada perrita para el perro de Quevedo. Los tres últimos días hemos ido a buscarlos infructuosamente, como llueve no han ido, y mi perro va oliendo cada rincón por el que pasó con su amada móvil. Se queda clavado cerca de un árbol, busca la camioneta en la que lo encerraron para que su permisiva luna de miel no la interrumpieran otros perros, busca el puesto de dulces, el aire del domingo, y no lo encuentra. Luego me alcanza triste y sigue nuestro camino hasta que la vuelta nos conduce de nuevo al rincón de sus pesares y repite la ceremonia de la nostalgia. Tenía que ser este perro, mi perro.

Luego el día volvió a llenarse de guerra y paz. En la única guerra que pude acompañar, la extraordinaria Verónica Rascón venció a la quimioterapia y como si no llevara varios días de sufrir la barbarie con que debió buscarse la salud, abrió los ojos con una sonrisa y pidió un poco de música. Quienes la rodeamos nos hemos rendido a sus pies y a su valor. *Luego que te vi te amé,* le ha dicho a la vida, una vez más.

A la mañana siguiente amanecí tarde y por fin sin encontrar antes que al sol la sensación de una patada entre las costillas quitándome el aire y doliendo por largo rato.

Eran como las nueve y media cuando abrí los ojos en definitiva. Dormí tan bien que al final alcancé a soñar hasta con el arrecife frente a Cozumel. El cielo seguía nublado. Bebí un té negro y con él la certeza, no sé qué tan duradera, de que algunas cosas, o todas las cosas, hay que aceptarlas como las va dando la vida. No en el orden, ni con la frecuencia, ni con la largueza que uno quisiera, sino en el caos del indeciso y vacilante azar, con lo que sus leyes tienen de asombroso, de fugaz, de cometas y oscuridad.

Luego me fui a caminar como a las once, la hora de las abuelitas y los nietos, las carreolas, los adolescentes de pinta, el despliegue completo del puesto de refrescos aderezado con galletas, papas, cuanto pueda ocurrírsele al dueño, instalado en todo su largo y confuso esplendor. La hora del tránsito menos arduo, la locura de la ciudad ajustada, por fin, a la de quienes la habitamos. Todo tan distinto de las siete, de las nueve de la mañana, tan casi en paz la diaria pelea que llevan temprano los automovilistas rumbo al colegio de sus hijos que ya van tarde; la muchacha que se va pintando en el espejo retrovisor camino a la oficina donde un jefe le gusta o lo detesta, pero de cualquier modo jugará todo el día a ser su jefe; el vendedor de periódicos empeñado en que alguien lo atropelle; el semáforo haciéndose eterno; el restorán Meridien repleto de hombres que imaginan posible gobernar el país, su empresa, su familia, y que por lo mismo miran poco al lago despertando frente a sus ojos. La hora temprana de los corredores con reloj, de las señoras que luego de dar dos vueltas lentas pasarán la mañana desayunando y de las mujeres que caminan aprisa como si su ritmo cardiaco no fuera a acelerarse jamás de otra manera. La hora que yo frecuento más, y en la que menos vengo al caso, con la que no hago juego, en la que no siempre quiero jugar.

En cambio las once y nublado, qué hora para andarla despacio, varias vueltas que den lo mismo como el gran ejercicio, pero que consientan mi ánimo de gozar la humedad que aún queda en los árboles, de honrar la extraña llegada de cinco patos salvajes, preciosos en su infinita y breve libertad, en el orden perfecto de sus plumas café con ribetes negros en la orilla. ¿Cuánto viven estos patos? No sé. Pero debe ser ardua su vida buscando lagunas y calor de un país a otro. ¿A dónde irán después de hoy, o de la próxima semana tras haber descansado en este lago falso que tiene a la mitad una fuente y un chorro? ¿A dónde irán tras permitirme disfrutarlos mirando su impasible mirada, sus picos más largos y delgados que aquellos de los que se han vuelto simples parásitos, torpes presos de las galletas que la gente les avienta de a poco, echando luego al agua la bolsa en que iban. Gente heroica en el arte de ensuciar porque sí, para dejarnos a otros el placer o el disgusto de maldecir el plástico flotando durante muchos días después de que ellos se han ido.

¿Cómo no va a faltarle tiempo a nuestro país? ¿Quién puede creer que las cosas cambiarán de un día para otro? ¿De dónde podría esta misma tarde, el mismo señor que practica, contra un tambaleante ciprés, la altísima patada de algún arte marcial recién llegado de Oriente, perderse en el fuego de algún poema, alabar al menos su propia destreza para ejercer la calamidad, diciéndole como Quevedo: "Oh tú del cielo para mí venida, / de mí serás cantada, / por el conocimiento que te debo / [....] Tú, que cuando te vas, / a logro dejas, / en ajeno dolor acreditado, / el escarmiento fácil heredado / [...]". Las once y media, buena hora para empeñarme en necedades. Así que pretendo convencer al imaginario podador de un pasto que ha crecido sin cuidado por lo menos durante los últimos sesenta y cinco días, hasta volverse un pastizal tramado con pequeñas flores blancas y anaranjadas, pretendo convencerlo de que corte solamente el borde del camino, de que ordene y limpie, pero dejando las pequeñas flores que están detrás, salpicando el paisaje como estrellas diurnas, para que no desaparezcan de golpe sino poco a poco, cuando se vayan los aguaceros o todo se convierta en el pardo azafrán del otoño en esta ciudad. Necio empeño. El señor al que me dirigí no vino a arreglar nada. Así que corto dos de las flores blancas y dos de las amarillas y me voy caminando tras el perro, que desde lejos me mira como preguntándose por qué me detengo a defender la nimiedad indefendible. Cuando lo alcanzo, le cuento que hasta en otros lugares del mundo he visto cómo respetan las flores que crecen entre los pastos a la mitad de los ejes viales. Le seguiría hablando, pero se ha ido otra vez a correr por la vera del camino. Entonces continúo el soliloquio: es tan difícil como entrañable nuestro país, su gente a prueba de todo, poniendo, por lo mismo, todo a prueba.

Al volver por una calle estrecha en busca de Constituyentes, justo antes de encontrarla en el semáforo frente al Panteón Civil, ahí donde descansan algunos de los Hombres Ilustres y muchos de los héroes olvidados frente a los que se besan quienes se aman a perpetuidad, aunque no los ampare un documento, ahí donde aún suena, bajo un árbol, la inolvidable risa de mi amiga Emma, joven hasta el último día; me detengo tras un camión de carga convertido en carro de la basura. Va lleno hasta terminar en un cerro que luce bolsas desolladas, artefactos inservibles, cartón, periódicos, cáscaras de naranja, huesos de mango, pestilencia. En la punta, justo rematando el enclave, van dos hombres que parecen contentos: el más joven usa bigote a la Pedro Infante y unos anteojos negros como los que llevan en las películas los contrabandistas, el cuarentón tiene una barriga estable y la mirada de un camello al que no lo perturba el aire del desierto. Van conversando entre risas, mitad sentados, mitad echados sobre las cáscaras, comiéndose unas tortas. Sí: ¡comiéndose unas tortas! Me pregunto cómo harán a sus hijos estos señores, en qué lugar, entre qué piernas, con qué mujeres, diciendo qué palabras, olvidando qué promesas.

Vuelvo a la casa. Quiero escribir una novela. ¿Cómo podría caber todo esto en una novela? Y todo lo otro. Todo lo que resume Quevedo mientras nos dice a mí y a su perro:

De las cosas inferiores
siempre poco caso hicieron
los celestes resplandores;
y mueren porque nacieron
todos los emperadores.

Sin prodigios ni planetas
he visto muchos desastres

y, sin estrellas, profetas:
mueren reyes sin cometas,
y mueren con ellas sastres.

De tierra se creen ajenos
los príncipes deste suelo,
sin mirar que los más años
aborta también el cielo
cometas por los picaños.

PARÁBOLA PARA UN CUMPLEAÑOS

Me he puesto en la palma de la mano un puñado de avena tostada con azúcar y lo como despacio, mientras trato de no aceptar la carga de melancolía que traen consigo las tardes de lluvia. Este octubre voy a cumplir cincuenta años. Me lo digo pensando que aún podría creer en las hadas y que el mar me conmueve tanto como la primera vez que lo vi. Me lo digo y apremio una sonrisa. Todavía estoy dispuesta a confiar en los desconocidos, todavía despierto en las mañana creyendo que algo nuevo encontraré bajo el sol, todavía les temo a las arrugas y soy capaz de cantar bajo la regadera. Todavía —¿quién lo creyera?— imagino el color que la luna de antier tuvo sobre otras tierras, y sueño con el mes próximo y con el siglo próximo. Así las cosas, cumplir años no será tan grave. Cincuenta, ochenta o cien, cuantos años quiera arroparnos el mundo, hay que estarse en calma, dispuestos a dar las gracias y a pedir más siempre que la vida pretenda voltear a vernos, para saber si aún la queremos.

"No pelona, todavía no quiero que me lleves", le decía a la muerte mi abuela materna, tras veinte años de silla de ruedas y uno de cáncer. Tenía más de ochenta y conservaba una dosis de inocencia que yo había perdido antes de entrar a la primaria.

Pienso en mi abuela porque a pesar de su apego a la vida, a la edad que yo cumplo en octubre ella había dejado de batallar con muchas de las obligaciones y placeres que las actuales mujeres de cincuenta nos empeñamos en mantener. Tampoco se veía en guerra, estaba dispuesta a cobijar nietos sobre los tersos almohadones que eran sus pechos, comía sin culpa tres largas veces al día y parecía retirada del sexo, las imprudencias, la angustia de las cosas que son para no ser, y por supuesto la obligación de la juventud.

Dice Verónica mi hermana que eso era más sabio. Tal vez. Lo cierto es que nosotras ya no podríamos regresar a ser así. Sin embargo, muchas cosas, a veces extraordinarias no sólo por efímeras, tendremos que ir perdiendo sin guardar rencor, sin estropearnos el alma, sin maldecir al tiempo que tanto nos bendice.

Tratando de aceptar estas pérdidas, que a veces me cuesta tanto asumir, he dado con el recuerdo de una anécdota llamada, para mi consumo personal, la parábola del avión.

En abril pasado, mi madre, mi hermana, mi hija y yo hicimos un viaje a Italia, vía Madrid. Tras un vuelo tan arduo como cualquier vuelo que cruce el océano, llegamos a Barajas a las dos de la tarde y corrimos a la sala en que estaba previsto que saliera, a las tres, el avión rumbo a Milán. La inolvidable sala doce.

Con toda calma, ahí se nos dijo que el vuelo estaba retrasado y que volveríamos a tener noticias en cuarenta minutos. Nos sentamos a esperar conversando, y al cabo de los cuarenta minutos una señorita de Iberia volvió a pedirnos que esperáramos cuarenta minutos más. Regresamos a esperar. Fuimos al baño, tomamos café, compramos libros y tras una hora revisamos el pizarrón en el que nuestro vuelo aparecía como demorado y sin horario. Así las cosas, nos dedicamos a ir de hora en hora revisando el pizarrón y acudiendo al mostrador de Iberia hasta que pasaron por el aeropuerto y nuestros pies, piernas, ojeras y humores, siete horas de tedio y vueltas. Ya para entonces, de hora en hora, habíamos recorrido todas las tiendas de perfumes, ropa, tarjetas postales y bisuterías varias que caben en el aeropuerto. Volvimos a ver el pizarrón, volvimos a preguntar en el mostrador de la puerta doce, y volvimos a tener como respuesta que preguntáramos en una hora. Así las cosas, nos fuimos a comer, y cuando estábamos recién instaladas frente al jamón serrano, por no dejar, miramos la pizarra. Entonces vimos que nuestro vuelo ya tenía hora: salía en tres minutos. Lo dejamos todo sobre la mesa y corrimos a la puerta doce, tan rápido como corríamos siendo jóvenes. Estaba lejos, pero a no más de cinco minutos. Verónica y yo llegamos jadeantes y entregamos los pases de abordar a una mujer morena, joven y alejada que había tomado posesión de la puerta doce. Ella los revisó despacio y nos dijo sin más: "El avión a Milán se ha marchado".

—¿Qué? —preguntamos incrédulas y asustadas. Ella fingió otras ocupaciones.

—¿Qué? —volvimos a decir conteniendo los gritos, pero temblando de cansancio y abandono.

—Se ha marchado —dijo de nuevo la mujer, sin siquiera pedir una disculpa.

Lo que siguió fue un largo alegato, con manoteo, explicaciones, demandas, y furias de nuestra parte, al que la mujer no hizo sino responder varias veces: "Pues se ha marchado".

Volvíamos nosotras a no poder creerlo, volvíamos a preguntar si podíamos correr a la pista, si no podíamos detener el avión que aún se veía desde la ventana y que dimos en llamar para más confundir las cosas y con gran fiereza el "pinche avión", si no podíamos lo que fuera, incluso lo inaudito. Y así durante diez, quince, eternos minutos. Hasta que ella, tan impaciente como puede ser una impaciente burócrata de Iberia, nos dijo en el colmo de la contundencia hispánica:

—Señoras, tenéis que aceptarlo, entendedlo, el avión se ha marchado, iba completo y se ha marchado. ¡Aceptadlo! ¡Aceptadlo ya!

Junto a nosotros había otros quince italianos, a los que también había dejado el sobrevendido vuelo, tan enfurecidos y aún más gritones que nosotros. Los abandonamos como líderes del reclamo en castellano y nos miramos con una sensación de fracaso compartido cuyo recuerdo aún me conmueve. Mi hermana detesta darse por vencida.

"Esta pesada tiene razón —dijo, apoyándose en un sentido práctico que siempre ha ido adelante del mío—, más nos vale aceptar que el pinche avión se fue y nos dejó. No sólo a nosotros, sino a todos éstos. Y que ni regresándolo tendríamos lugar adentro."

Me dieron ganas de abrazarla, pero me contuve porque ella no es de las que sobrellevan con desparpajo las efusiones públicas. Así que sin decir palabra dimos vuelta sobre nuestros talones, reconocimos el alto coeficiente emocional de mi hija y nuestra madre, quienes se habían ahorrado la discusión con la azafata y discutían entre ellas si era correcto hacer unas últimas compras para exorcizar la desgracia, y aceptamos la pérdida del vuelo, y con él la de nuestras maletas, como algo irrevocable. Tomamos el primer taxi que quiso llevarnos a Madrid, que no fue ni remotamente el primero que pasó a nuestro lado, y nos fuimos a buscar un hotel cualquiera en el que dormir sin pijama, sin cepillo de dientes, sin medicinas, sin un pedazo de nuestras almas, y exhaustas.

Sucedió entonces un pequeño pero hermoso milagro: encontramos dos cuartos en un hotel perfecto, con vista a la hermosa noche, la fuente de Neptuno rodeada de tulipanes amarillos, la cúpula de la iglesia de los Jerónimos y el Museo del Prado. Encontramos una tina de agua caliente, una cena con postre de fresas y pan dorado, unas batas de toalla en las que arroparnos. Y sobrevivimos con facilidad al desfalco de que el avión se hubiera ido, sin esperarnos, tras ocho horas de esperarlo nosotras.

Así pasa en la vida muchas veces. Aunque nos empeñemos en negarlo, en no aceptar que las cosas no son como querríamos que fueran, como soñamos que fueran, que la piel no nos brille como brillaba, o el reloj no camine tan despacio como en la infancia, o las novelas no acudan como pájaros a la playa, los desfalcos se imponen sin más ley ni más argumento que su contundencia. Y uno tiene que aceptar que el avión se ha marchado y no morirse ni de rabia ni de pena, ni de vejez. Y no dejarse entristecer, al menos no entristecerse para siempre. Todo fuera como esperar otro avión o cumplir cincuenta años.

CANTO PARA LA VEJEZ

Ayer, la voz cortándose de nuestra amiga común me avisó que había muerto la hermosa señora Conde. Hace ochenta años la llamaron Patricia, como si hubieran adivinado, quienes le dieron nombre, el destino de elegancia interior y lujo de alma que le esperaba.

Descanse en paz, que paz daba verla vivir como quien sueña. Hace ya dos décadas que la conocí. Quiero decir, la vi entrar al salón de belleza donde, hasta la fecha, han seguido acogiéndonos cada semana. Empecé a quererla bien, mucho más tarde. Porque durante años ella entraba en silencio escondida en un libro y en silencio se iba sin notarse más que por la fineza de su andar y la sobriedad de su gesto.

Era bonita entonces y siguió siéndolo hasta el día de su muerte. Esa mañana, como quien se va de pinta, entré en busca del solaz que puede ser mi salón de belleza por ahí de las once y media. La estaban peinando y ella veía hacia el espejo con desacuerdo.

"¡Qué guapa estás!", le dije, porque al verla me subió

a la lengua una alegría. Estaba maquillada con mesura, tenía sobre el regazo las delgadas manos de un Greco con las uñas recién pintadas de rojo.

Movió la cabeza de un lado para otro como si mis palabras no hicieran sino confirmar su certeza de que la vejez desbarajusta cualquier belleza. Alguna tarde me había respondido a un elogio del mismo estilo: "A estas alturas, con no asustar tiene uno".

Se habían ido muriendo sus amores.

"Ya no dan ganas de contestar el teléfono. Sólo llaman para avisar de un entierro", dijo otro día.

Nos encontrábamos a cada tanto, y cada vez descubríamos que era grato quererse. Yo acabé necesitando de su figura para pensar con claridad a un personaje al que quiero dedicar parte de la novela que me anda por dentro y con la que lidia en desorden mi desordenada cabeza. Ahora no me quedará sino inventarle la vida que ella había prometido contarme.

Tengo para mí el conocimiento de que a la una y media le entraba el antojo de un tequila, de que a las cinco, los martes, jugaba bridge, de que oía mal y lo confesaba, de que era tan coqueta y perfeccionista que murió el mismo día en cuya mañana nos encontramos frente al espejo.

—Estoy leyendo un libro espléndido sobre la vejez —le dije, porque yo sabía que era una lectora apasionada.

—¡Qué tema! —contestó.

—Te lo voy a regalar. Está escrito por un sabio italiano llamado Norberto Bobbio que tiene ahora noventa y un años. Tres más de los que tendría mi padre si no se hubiera muerto.

—¡Qué horror vivir tanto tiempo!

—A él se le nota en paz. Dice que es pesimista, pero yo no creo que uno pueda vivir tantos años siéndolo.

—Quizás por eso ha vivido tanto. Los pesimistas nunca se decepcionan.

—¿Y tú crees que uno se muera de decepciones? Porque yo soy optimista hasta la idiotez y quiero vivir muchos años.

—Yo no sé de qué se morirá uno. Quizás de cansancio —me había dicho otro día—. A veces es cansado vivir siendo viejo. Nada más anda uno de un achaque para otro.

—Pues no los luces. ¿Cómo te fue en Acapulco?

—Muy bien. Todavía me deslumbra. Por eso fui a despedirme. Ya no voy a regresar.

—Todos tenemos una puerta que hemos cerrado hasta nunca. Eso ya lo escribió Borges. Pero a tu mar has de volver.

—No creo —dijo, y cambió de tema.

Días después la visité en su casa. Llovía como llueve en agosto, como si el cielo quisiera herirnos. Me alivió entrar a su estancia cobijada por una luz tenue.

"Siéntate de este lado porque de este otro no oigo nada y ya aprendí a decirlo. Así no le agrego al lío de no oír el de tener que inventar lo que no he oído. Si vieras las conversaciones inventadas que llegué a tener con mi marido. Horas y horas de adivinarnos y contestar sin saber ni uno ni otro de qué estábamos hablando. ¿Quieres tomar algo?"

Le pedí un té y me lo sirvió con misericordia. Ella prefirió beber whisky. Nos acomodamos a conversar hasta que la noche se hizo alta.

De nuestra conversación de aquella tarde obtuve mi certeza de que le hubiera gustado leer a Bobbio. Por eso la recuerdo mientras releo:

> El dudar de mí mismo, y el descontento por las metas alcanzadas, inesperadas e imprevistas muchas de ellas, siempre han brotado si no cabalmente de la convicción, sí de la sospecha de que la facilidad con que logré recorrer mi camino, para muchos de mis coetáneos inaccesible, se debía más a la buena suerte y a la indulgencia ajena que a mis virtudes, cuando no incluso a algunos de mis defectos vitalmente útiles, como saber retirarme a tiempo.

O cuando leo: "Al no haber estado en paz conmigo mismo, traté desesperadamente de estar en paz con los demás".

Le conté de mi padre, que vivió en Italia veinte años y sólo volvió al finalizar la segunda guerra.

"Nunca dijo una palabra sobre el pasado", le comenté. Volví a pensar en eso cuando leí en Bobbio:

> El fascismo fue una vergüenza en la historia de un país que se contaba hacía mucho en la historia de las naciones civilizadas. De esta vergüenza sólo nos libraremos si logramos comprender a fondo el precio que el país hubo de pagar por la prepotencia impune de unos pocos y la obediencia aunque forzosa y no siempre bien soportada de muchos.

Ya no pude prestarle el ensayo sobre la vejez a la señora Conde. Me hubiera gustado compartir con ella los subrayados que ahora quiero dejar aquí para compartirlos con quienes piensan que la vejez es triste, para los que piensan que no es sabia, para los que no quieren ni pensarla o para los que, como yo, la imaginan como un lujo y se atreven a anhelarla como parte de su futuro.

Siempre me han atraído los viejos. Desde niña quise verlos como quien mira por una esfera de cristal. Pero tras leer las reflexiones de Bobbio en torno a su vejez y la vejez, he querido atreverme a soñar que pasaré los cincuenta y ocho años en que murió mi padre, que estaré a los setenta y siete tan viva como ahora mi madre y que tendré en mi voluntad el arrojo que ella tiene en la suya cuando me promete sin más este domingo que vivirá para alcanzar los noventa y uno en que Bobbio dice "Nunca hubiera imaginado que yo viviría tanto".

De senectute es un ensayo sobre la vejez.

Yo quiero, como quien dice una plegaria, transcribir algunos subrayados en homenaje a los viejos que he perdido, en invocación de los viejos que hemos de ser y en franca reverencia por el viejo sabio que los escribió.

No siempre quienes hablan uno con otro hablan de hecho entre sí: cada cual habla para sí y para el patio de butacas que lo escucha. Dos monólogos no constituyen un diálogo.

[...]

Podría hacer mía, aunque en forma paródica, la autodefinición de un poeta japonés: "No poseo una filosofía sino solamente nervios".

[...]

El elogio del diálogo y el elogio de la templanza pueden perfectamente ir unidos y sostenerse y completarse el uno al otro.

[...]

Hablar de sí es un hábito de la edad tardía. Y sólo en parte cabe atribuirlo a la vanidad.

[...]

Biológicamente, yo sitúo el comienzo de mi vejez en el umbral de los ochenta años. Pero psicológicamente siempre me consideré un poco viejo. Incluso cuando era joven. Fui un viejo de joven, y de viejo me consideré todavía joven hasta hace unos años. Ahora creo que soy un viejo-viejo.

[...]

No conviene generalizar. Pero estoy dispuesto a reconocer que hay gran cantidad de obras filosóficas, literarias y artísticas que ya no logro entender y que rehuyo porque no las entiendo.

[...]

El viejo satisfecho de sí de la tradición retórica y el viejo desesperado son dos actitudes extremas. Entre estos dos extremos hay otros infinitos modos de vivir la vejez.

[...]

El mundo de los viejos, de todos los viejos, es de forma más o menos intensa el mundo de la memoria. Se dice que al final eres lo que has pensado, amado, realizado. Yo añadiría: eres lo que recuerdas... Que te sea permitido vivir hasta que los recuerdos te abandonen y tú puedas a tu vez abandonarte a ellos.

[...]

Diré con una sola palabra que tengo una vejez melancólica, entendiendo la melancolía como la conciencia de lo no alcanzado y de lo ya no alcanzable. La melancolía está atemperada, no obstante, por la constancia de los afectos que el tiempo no consumió.

[...]

La sensación que experimento al estar todavía vivo es sobre todo de estupor, casi de incredulidad.

[...]

La fortuna tiene los ojos vendados, pero el infortunio nos ve perfectamente. Hasta ahora he estado bajo la protección de la invidente, cuyos protegidos, precisamente por ser elegidos a ciegas, no pueden jactarse de nada: Pero no estoy en condiciones de responder a la pregunta: ¿hasta cuándo?... No lo sé ni quiero saberlo. El azar explica demasiado poco, la necesidad explica demasiado.

[...]

Los hombres son muy distintos entre sí. Se suele distinguirlos sobre la base de mil criterios. Imposible e inútil enumerarlos todos. Pero siempre me ha asombrado que se dé tan poca importancia a un criterio que debería marcar más profundamente su irreductible diferencia: la creencia o no en un más allá después de la muerte.

[...]

Que los hombres son mortales es un hecho. Que la muerte real que hemos de constatar día tras día a nuestro alrededor y sobre la cual no cesamos de reflexionar, no es el fin de la vida sino el tránsito a otra forma de vida imaginada y definida de distintas maneras según los distintos individuos, las distintas religiones, las distintas filosofías, no es un hecho, es una creencia.

[...]

Desde que empecé a reflexionar sobre los problemas últimos, siempre me he sentido más cerca de los no creyentes.

[...]

Para el no creyente, el argumento principal es la conciencia de la propia poquedad frente a la inmensidad del cosmos, un acto de humildad ante el misterio de los universos mundos.

[...]

La respuesta del no creyente excluye cualquier otra pregunta.

[...]

Siento curiosidad por saber cómo se imaginan la vida después de la muerte quienes creen en ella.

[...]

Tomar en serio la vida significa aceptar firme y rigurosamente, lo más serenamente posible, su finitud.

[...]

Todo lo que ha tenido un principio tiene un final. ¿Por qué no iba a tenerlo también mi vida? ¿Por qué el final de mi vida iba a tener a diferencia de todos los acontecimientos, tanto los naturales como los históricos, un nuevo principio?

[...]

Cuando leo los elogios de la vejez que prolife-
ran en la literatura de todos los tiempos, me asalta
la tentación de sacar del proverbio erasmiano (en
torno a la guerra) esta variante: quien alaba la vejez
no le ha visto la cara.

[...]

Dicen que la sabiduría consiste, para un viejo, en
aceptar resignadamente sus límites. Mas para acep-
tarlos es preciso conocerlos. Para conocerlos es preciso tratar de explicárselos. No me he vuelto sabio.
Los límites los conozco bien, pero no los acepto. Los
admito únicamente porque no tengo otro remedio.

[...]

He llegado al final sin ser capaz de una respuesta sensata a las vicisitudes de las que fui testigo me
plantearon de continuo. Lo único que creo haber
entendido, aunque no era preciso ser un lince, es
que la historia, por muchas razones que los histo-
riadores conocen perfectamente pero que no siempre tienen en cuenta, es imprevisible.

[...]

Cuantos de la historia hacen una profesión y
con mayor motivo los políticos, que son asimis-
mo actores de la historia de un país, harían bien
en comparar de vez en cuando sus previsiones, en
las cuales entre otras cosas se inspira su conducta,
con los hechos realmente acaecidos y en medir la
magnitud y la frecuencia con que se correspon-
den unos con otros. A menudo realizo ese control
sobre mí mismo. Es muy instructivo y, considera-
dos los resultados del cotejo, mortificante.

[...]

Ahora ya es demasiado tarde para entender todo lo que hubiera querido entender y me he esforzado por entender. Ahora he alcanzado la tranquila conciencia, tranquila pero infeliz, de haber llegado solamente a los pies del árbol del saber.

[...]

El gran patrimonio del viejo está en el mundo de la memoria. Maravilloso, este mundo, por la cantidad y variedad insospechable de cosas que encierra. No te detengas. No dejes de seguir sacando. Cada rostro, cada gesto, cada palabra, cada canto por lejano que sea, recobrados cuando parecían perdidos para siempre, te ayudan a sobrevivir.

[...]

DELIRIOS Y VENTURA DE LOS DESVENTURADOS

Hay quien ni se suicida, ni se deprime, ni se alborota de más ni se alegra en exceso, ni llora durante días, ni se cree los amores repentinos, ni muchísimo menos se los inventa para ayudarse a sobrevivir cuando la vida no es todo lo altanera y hermosa que debería. Hay el mundo de los seres sensatos, de quienes aman la prudencia y jamás comen lo que les hace daño. No pertenezco a él, le temo, creo que a pesar de su buena fama está aún más lleno de tentaciones y falsas promesas que el desprestigiado mundo de la avidez y los delirios.

Este mundo de los que le hacen espacio a la nostalgia y a veces extrañan sin remedio. ¿A quién? A tantos. A uno mismo. A la yo que fui un mes de marzo, a la música que ya no me estremece, al aire que respiraba un hombre al bajarse de un auto cerca del Duomo en el Milán de 1938. ¿A quién? A ella. A la hechicera que deseó ser un abril ya remoto, a sus pies calientes, a la húmeda sonrisa de su noche y sus días. ¿Extrañar qué? Tantas cosas: la

Plaza de San Marcos, un par de guantes, los corales inasibles bajo el agua, la cara de la niña que fue mi hermana rascando el fondo de su alcancía para sacarle el último peso, la Navidad de hace diez años y las de hace cuarenta. Porque uno pierde dos infancias: la suya y la de sus hijos.

Sin embargo, mil veces la vida diaria nos exige, igual que a tantos, acatar la cordura como una inexorable rutina a la que uno cede con tal de no perder para siempre lo que reconoce como las leyes de su destino desatinado.

Por más reverencia que uno le tenga al desafuero, se pliega a ir al trabajo cuando no querría ni quitarse la pijama, se hace al ánimo de que sus hijos ya no la necesiten para ir al cine o entretenerse en el parque, pero sí para que se haga comida en la casa aunque ellos no sepan si vendrán a comer o no.

Por más que haya jurado ir de vacaciones, si los demás no van, uno se queda en la ciudad de México cuando querría irse al agua del Caribe, opta cuando está segura de que quien elige abandona, acepta que su hermana tenga la razón cuando le habla del inútil abismo de tristezas que puede uno crearse si se empeña en desear lo que otros no pueden darle.

Semejante obediencia no deja de propiciar desfalcos. Lo supongo cuando tras el meticuloso escrutinio de una panza que me duele como la mordida de una tintorera, la en apariencia casual sabiduría del doctor Goldberg pregunta como al pasar: ¿Y has estado tranquila?

Yo sé que pregunta para cumplir con el protocolo profesional, pero él sabe, porque sabe, que yo no estoy ni soy, ni anestesiada podría ser tranquila. Y mejor así, tal vez el colon sea sólo ese lugar del cuerpo al que muchos mandamos nuestro terror a la tranquilidad, nuestra constante ambición de crestas o nuestro inerme deseo de encontrar, alguna vez, tal cosa como una euforia mezclada de armonía. Un tono de vida que pudiera sentirse como suena el adagio del concierto para clarinete de Mozart.

Quién sabe, es un dolor tan caprichoso. Y si uno lo padece y lo comenta descubre que no sólo es caprichoso, sino que abunda. Yo he ido de la dimeticona al té de comino, pasando por las últimas sofisticaciones de la ciencia gastrointestinal, y lo único que puedo recomendar es buscarse una tregua. Una tregua de esas que sólo uno conoce y sólo en uno está darse. Una tregua que se siente en el cuerpo como sé que el silencio puede sentirse en el aire tras un ciclón o en la tierra tras un terremoto. Una flexible y generosa tregua para dejar que la mente deambule sin más, para tirarse a oír *Soave sia el vento*, para ir al cine, comer un helado y aceptar que ni modo, la pasión de Flaubert por su trabajo fue mayor que la nuestra, ¿qué digo?, mucho mayor. Y a otra cosa. A la vida como el enigma persuasivo que puede ser. A los otros, al elogio de quienes, como dijo Borges, prefieren que otro tenga la razón. A quienes conversan de la trivia crucial de su cada día, su pena y sus esperanzas, ayudados por el orden de una sopa, el solaz de un postre con chocolate, el punto de un pescado a la sal.

Me doy una tregua y recalo en la fascinación que provocan las fábulas de Ovidio recién traducidas por un hombre que quiso traerlas a nuestro siglo como quien trae a la mesa el mejor vino. Voy a un concierto con mi amiga de la infancia. Viva a pesar de lo que había dicho su destino que debía ser. Y en mitad de la música, la bendigo por haber superado la tarde en que creyó desear la muerte como sólo la vida se desea. Creyó cualquier barbaridad, pero sobrevivió para salvar con ella desde un atisbo del cielo que sólo sus ojos atestiguaron hasta la memoria de aquel dulce de almendra que hacía su abuela. Y tantas cosas.

Me doy una tregua y pregunto mientras lo invoco: ¿quién hornearía el pan negro con pasitas que tuve un día de luz sobre mi mesa?

¿Quién le dio a mi madre la receta del bacalao y quién la rigurosa armonía con que lo guisa?

¿Cómo agradecer con precisión a quienes le han dado a José Mas, ciego desde la infancia, poeta y escritor de tiempo completo, la posibilidad de recibir en su computadora la carta que oye leída por una voz cibernética y puede imprimir en sistema Braille si le interesa?

Tantos otros nos hacen felices.

Los que pusieron la enorme rueda de la fortuna que ilumina las noches en París.

El cocinero que abrió en Venecia un restorán para vender su memorable pasta negra con mariscos.

Los adolescentes que trajeron a su casa la segunda temporada de *Sex and the City* y amanecen, tras su propia noche de fiesta y ciudad, amorosos y despeinados como en la infancia.

El adulto que se duerme ruidosamente en mitad de una escena de lágrimas que me tiene en vilo como a una de treinta. ¡Increíble! Mister Big resulta capaz de comprometerse. Pero claro, de ninguna manera con Carrie, sino con una dulzona espátula de veinte años, complaciente y aburrida. Entonces tres amigas le cuentan a una cuarta de cómo lo mismo pasó en *Memories* con Robert Redford. *¿Could it be that it was all so simple than?* Cantan desentonadas *¿O podrá ser que el tiempo lo rescribe todo?* Canto yo en un inglés que no escribo para que no se le note la mala pronunciación.

El pianista Gonzalo Romeu, tocando cubano, mientras los cinco que cenamos bajo su música tejemos el futuro como Penélope sus esperanzas. ¿Cómo agradecer?

El perro saltando seis veces más de lo que mide para celebrar que lo llevemos a caminar.

La voz de las hadas pidiéndome que no tiemble.

Y cuando menos la esperamos, la inaprensible ventura: omnipotente, quebradiza y a ratos tan fácil, tan insólita, en el milagro de una estrella naranja.

No hay más: sólo atisbarla unos segundos, creer en lo inaudito, estremecerse. ¿Quién pide más?

TERRITORIO MÍTICO

Allí donde uno atesoró los amuletos de su infancia, donde la esquiva luna dijo una tarde nuestro nombre, donde aprendimos a oír como quien sueña y a evocar porque sí. Allí donde el deseo, altivo como nunca, nos insinuó lo que sería de por vida, donde por primera vez confundimos el miedo con la audacia, el amor con el imposible y el absoluto con lo verosímil, allí está para siempre el territorio prometido, el lugar mítico del que todo depende. Allí están sin duda nuestras pasiones más asiduas y el rescoldo de la memoria desde el que todo reinventamos.

Puebla es mi territorio mítico. Como tal se me cruzó en la vida y a cambio sólo me ha pedido el afán de recontar sus delirios, imaginar lo que tal vez conocen sus montañas, elogiar sus campanarios y sus atardeceres, deshacerla, reconstruirla, maldecir sus sospechas y bendecir las puertas de sus casas.

Aquí en Puebla, bajo mis ojos, envejecieron mis abuelos, se quisieron mis padres, nacieron mis hermanos. Aquí en Puebla, en el jardín de mi amiga Elena, está el fresno

que habitamos mil tardes, en el que la recuerdo detenida, como a las hadas de su nombre, antes de conocer las
letras de una pena. Aquí está el río transparente que ve-
neró mi abuelo, el lago en cuyo cielo aprendí el orden
estremecido que rige a las estrellas.

Aquí en Puebla vio mi padre a los primeros muertos
de las varias guerras que acortaron su vida, aquí lo vi
perderse mirando desde la puerta de nuestra casa cómo
nos íbamos antes que él.

Aquí mi madre padeció la belleza con que aún nos
deslumbra su perfil, aquí ha encontrado la paz y la sabiduría que muchos nunca encuentran.

Aquí en Puebla perdí los ojos tras el primer hombre,
que entonces era un niño, y aquí vengo a reconocer que
hasta el último hombre que me cruce la vida será siempre un niño.

Puebla, el siglo pasado, me concedió el descubrimiento de las misceláneas y las mercerías. Me enseñó los secretos de abril y el anhelo de diciembre. En Puebla siempre está lo que me urge. Siempre agosto como una
promesa, siempre octubre con las flores moradas, siempre el primer deseo, siempre los viernes de Dolores, los
viernes de luna llena, los viernes prodigiosos que abrían
las vacaciones. Siempre el ambiguo temblar de la vuelta
al colegio: con los libros radiantes y los lápices nuevos.
Siempre el aire bendito de la primera papelería que conocí, siempre la gramática y sus leyes como el primer atisbo de una pasión que redime todos mis días. Siempre
la nieve de limón con sabor a cinco de la tarde, siempre la
primavera al mismo tiempo que el otoño, siempre la perfecta memoria de las lluvias: aunque arda una sequía o

corra el aire denso de una polvareda. Siempre el mundo completo como creí de siempre que sería.

Para mí, en Puebla puede ser siempre Navidad y siempre está mi abuelo Guzmán sembrando flores, jugando ajedrez, amaneciendo como quien va de fiesta. Siempre mi abuela con los ojos clarísimos haciendo sumas al mismo tiempo en que repite un poema. Siempre el velero ineludible que construyó el tío Roberto, para irse por el lago en compañía de la niña que fui y de una botella de ron que se bebía mientras la proa tomaba cualquier deriva. Siempre la tía Nena caminando de prisa, entre lo inverosímil y catedral. Siempre la casa vacía del médico que fue mi bisabuelo y siempre adentro una tertulia del siglo diecinueve con una flauta y una mujer que empollaba elefantes cada vez que algo le dolía, y cuya heterogénea descendencia le ha dado al mundo desde matemáticos hasta bailarinas, pasando por toreros, cantantes, cirujanos, físicos, marineros, pintores, poetas y otros cientos de fanáticos aspirantes a la gloria diaria de seguir en el mundo.

En Puebla siempre está Alicia Guzmán vestida de blanco, volviendo de jugar frontón con la sonrisa premonitoria de quien se sabe eterna. Siempre la tía Maicha entre pinturas, distraída de todo, incluso de sí misma, preguntando en desorden si me siento feliz. Siempre el tío Sergio construyendo una casa de dos pisos a la que se le olvidó ponerle una escalera, siempre el tío Alejandro tocando el piano como quien juega solitarios, siempre la memoria de un rincón del jardín, cercano al árbol de nísperos, en el que estuvo la tumba de su perra Diana, dándome desde entonces la certeza de que en toda lápida, hasta en las de los perros, hay un pasado que se busca eterno. Siempre la diminuta escuela que dirigía con espíritu de heroína una mujer solitaria a quien entre más pasa el tiempo más admiro. Y siempre, basta sólo con detenerse en el barrio de Santiago, siempre hay una familia, hecha de varias familias, empeñada en salir a que los hijos conozcan el mar: mi larga e irrevocable familia de la infancia.

Aquí en Puebla está el jardín de Marcela con una jacaranda y todas las certezas de quien duda. Está Sergio mi hermano cavilando el futuro, memorizando los abismos de la sierra, despierto todas las madrugadas con el ansia de atestiguar un imposible tras las imposibles noticias diarias. Aquí están los eucaliptos que sembró mi abuelo paterno y que mi madre le defendió a una herencia como quien defiende un reino. Está el edén con sus hijos y sus nietos jugando un pertinaz futbol de chicos contra grandes.

Aquí está Mónica con su aroma a chocolate y promesas, aquí anda aún mi prima María Luisa, con un loro en el hombro y un tigre en el anillo, viviendo como en África el amor de su vida. Aquí está Pepa jurándome que ella es una novela y Tere sonriéndole al olvido. Aquí Adriana con todo su buen juicio cuidando el de otros como quien cuida luces de bengala, y aquí María Isabel, que aún salta con la lengua entre los dientes, como si ganar el juego fuera ganar la gloria.

Aquí puedo pensar en Alis a los nueve años, vestida de ángel, con los ojos enormes como las matemáticas en las que después ha puesto la vida. Aquí está Checo armando un globo de papel para mandar al cielo una caja con nuestro viento y su fuego. Aquí José Luis Escalera ha reconstruido una casa para llenarla con libros y la ha llamado Profética, guiado por la inclinación de quien sabe que cada libro busca en sí mismo el cumplimiento de una profecía.

No es deber de escritores ser profeta. Los profetas adivinan el futuro, yo he andado una parte de la vida tratando de adivinar el pasado. Escribo libros que intentan la profecía al revés, y no sólo me cuesta trabajo hablar del futuro, sino incluso indagar en el presente. Por eso recuerdo los detalles más impensables y olvido los más preclaros.

Aquí en Puebla aprendí a decir Carlos para nombrar a mi abuelo paterno, un italiano suave y enigmático cuya voz aún oigo de repente en mis hermanos. Aquí mi padre se empeñó en heredarle a su hijo Carlos la pasión por los autos de carrera que él hoy hereda a sus hijos junto con otras pasiones de igual rango. Aquí lo vio Daniel mi hermano dibujar con tinta verde unas letras perfectas como las líneas que él ahora dibuja, mientras silba despacio una canción que sólo ellos comparten.

Aquí, sentada en los mosaicos rojos de una casa blanca, oí muchas tardes el ruido de unas manos emparentadas con la dicha mientras escribían.

La escritura y la felicidad me fueron enseñadas como una misma cosa. No tengo cómo pagar semejante herencia. Como una misma cosa aprendí las palabras y la fiesta, la conversación y la leyenda, el juego y la sintaxis, la voluntad y la fantasía. Como una misma cosa miro mi historia y la del mundo en que crecí y al que vuelvo sin tregua lo mismo que quien vuelve por agua.

Aquí perdí antes de mirarla a una tía de nombre Carolina, como el hermoso edificio en que hoy estamos. Aquí encuentro para toda la vida a la tía Tere horneando unas galletas con su fuego y a la tía Catalina dándole a cada quien el destino que quiere al extender la mano. Aquí recibió Marcos Mastretta las cartas que le llegaron desde Italia, contando las batallas y la esperanza de su hermano. Y aquí volvió Carlos Mastretta a dar con la insólita mujer que estaba destinada para él, con los hijos que nunca imaginó y que aún se empeñan en imaginar cómo sería su paso si, en vez de morir joven como su risa, hubiera conseguido vivir los noventa años que hoy tendría.

Aquí está la Iztaccíhuatl impávida, impredecible y sola como toda mujer dormida junto a un guerrero que, desde hace cuatro millones de años, estalla a cada tanto cubriéndola de cenizas y lumbre.

Yo no concibo el mundo sin los volcanes atestiguando las luces de este valle, acompañándonos la vida entera mientras pasa un instante de sus vidas. Ni siquiera imagino al mar que tanto venero, sin los volcanes como la contraparte de su inmensidad.

Quienes fundaron Puebla en este valle, movidos por la imaginación y los sueños del Renacimiento, supieron elegir el paisaje. Ser de Puebla, a pesar de la fama de insondables que no sé cómo hemos creado, es ser de todas partes, es heredar la vocación ecuménica de las muchas generaciones que han mezclado aquí su fantasía y sus linajes. Ser de Puebla, para nuestra fortuna, es ser mestizo, es ser hijo de viajeros, de peregrinos, de asilados. Por eso cuando ando por Puebla ando un poco por todas partes.

Basta ver el daguerrotipo del bisabuelo Juan para saber que algo de olmeca tiene mi familia. También algo de maya y algo de fenicia. El gesto de la bisabuela María es de una andaluza, lo cual nos hace también árabes, abisinios. Tuve un bisabuelo campechano y rubio, mitad hijo de Alsacia y mitad de Turquía. Un tatarabuelo judío, una griega mezclada de maya y seguramente una veneciana que casó de casualidad con un romano. Por eso viajo lo mismo a Mérida que a Oviedo, a Nepantla que a Granada, a Teziutlán que a Buenos Aires, a Cartagena que al Adriático, al Vesubio que a Tlaxcala, al desierto, a Cozumel o al Mediterráneo diciendo siempre: yo estuve aquí, bajo este firmamento tuve amores, por estas calles me perdí una tarde. Puebla es mi centro y mi destino porque es el inaudito cruce de muchas veredas.

Aquí en Puebla vi una mañana a Emilia Sauri atándose a Daniel Cuenca tras el mostrador de una botica, aquí me convenció Milagros Veytia de cuán urgente era contarla como si la hubiera conocido. Aquí supe la historia de un cacique implacable a quien en mi cabeza tuve a bien casar con una mujer que aprendería a burlarlo. Todo con tal de conjurar la carga que ese mundo llegó a tener en el recuerdo de quienes ni siquiera lo vivimos. Aquí aún me parece cierto que las hembras de la especie humana hayan logrado desde hace muchos años reírse de sí mismas, torcer el destino que les estaba señalado, mirar el mundo con la benevolencia y la dicha de quien se sabe parte de su travesía.

Aquí vive con todas sus luces la más intrépida, la mejor de cuantas hermanas puede alguien tener: Verónica, rápida como los pájaros, incansable, asida a la razón que según ella es su ley primera y según yo su debilidad única, cambiando de lugar todas las cosas sin perder de vista una sola, sin negarle a la agudeza de su lengua ninguno de sus mil deberes. Aquí está Daniela su hija con el rigor de la ley entre las manos y una sonrisa como un bálsamo. Desde aquí Lorena ayudándome a buscar a un perro capaz de enamorarse como sólo Quevedo y de perderse de mí como sólo yo suelo perderme. Aquí los dos Arturos: el que vivió conmigo para mi fortuna y el que vive con mi hermana como quien teje su fortuna.

Aquí crecieron todas la vacaciones de mis hijos, aquí su extraordinaria abuela les enseñó a jugar ajedrez y a tener paciencia, aquí aprendieron a andar en bicicleta y a venerar la tierra y sus prodigios, aquí vuelven cada vez que les urge saber quiénes son y dónde está la imprescindible métrica de sus vidas. Aquí anda su padre, leyendo siempre un libro, inteligente y ensimismado como si estuviera en todas partes. Aquí también están cada uno y todos mis grandes amores: los posibles, los imposibles y los que siendo inconfesables se volvieron perennes. Aquí, como si todo esto que nombro no fuera suficiente, la Universidad de Puebla me entrega hoy un grado que me enaltece y me alegra, un privilegio al que pretendo hacer honor el resto de mis días.

Nada me asombra y me regocija más que los seres humanos. Trato a diario de contar su vida y sus milagros porque imagino que al contarlos conseguiré asir uno que otro de sus deseos y sus contiendas. Sé que imagino mal: la gracia de los demás está en que sabemos de ellos tan poco como conseguiremos saber de nosotros. Yo querría ser audaz, pero creo que escribo por temor. Le temo al día en que no veré más cómo llega la noche, cómo se crece el mar, cómo entra la llovizna leve sobre el cauce de las montañas, cómo crecen mis hijos, cómo se enamorarán los hijos de mis hijos. Y le temo todos los días, con más reticencia que a la muerte, a la posibilidad de que no me quieran aquellos a quienes reverencio. Este premio será siempre un conjuro contra semejante temor.

Las venturas, como la vida misma, son un regalo impredecible. Acepto con alegría el espléndido estímulo que es estar aquí, acogida por ustedes y por este claustro, símbolo de cuantos caminos cruzan nuestra ciudad. Lo acepto con la única sensatez de la que soy capaz, la que me dice que es imperioso aceptar la generosidad con que nos miran otros, porque nos urge aprender a mirar a los otros con la misma generosidad.

IGUAL QUE UN COLIBRÍ

Arrebatada, repentina, inevitable, la felicidad cruza dejándonos el silencio como hacen los ángeles y las luciérnagas, igual que un colibrí o las hadas.

No se busca la felicidad, se encuentra. Aparece cuando menos la esperábamos y es huidiza, quebrantable, embaucadora. Como la luz de las mañanas, como el ruido del mar, como el amor desordenado, las hojas de los árboles o el azul de los volcanes.

Uno puede recontar sus momentos de felicidad, aunque no siempre pueda explicarlos y no a todos les resulten deseables. Quien se apasiona por el mar es feliz de sólo verlo, quien lo teme o le parece prescindible pasa frente a la orilla de su prodigio sin conmoverse. Quien juega a la lotería goza con el atisbo de un premio. Quien siente que su vida está signada por el azar vive jugando a la lotería, y entreverada con la diaria existencia se va encontrando la felicidad. A cualquier hora, como una gota de agua: en el aire o al fondo de un abismo.

Hará un mes que una voz pedregosa irrumpió en el teléfono a las dos de la mañana. Me preguntó si yo era yo. Dije que sí.

—Véngase rápido al puente Conafrut, su hijo chocó, se desbarató el coche.

—¿Y él? —pregunté, volviendo a creer en el infierno.

—Él está bien, pero véngase rápido. Rápido.

Le pedí que me dejara oírlo, quise saber quién llamaba, pero del otro lado sólo respondió el aire oscuro de una ausencia.

Su papá y yo nos vestimos en segundos y salimos tras la voz creyendo en ella tanto como desconfiábamos. Casi sin hablarnos, con tal de no decir lo que íbamos pensando. Fuimos hasta la carretera a Toluca, anduvimos por su oscuridad como a tientas, tratando de recordar en dónde está el puente por el que hemos pasado tan pocas veces y con tanta luz como nuestro hijo lo tiene en la memoria de quien transita a diario la descabellada carretera.

Él y la voz que nos llamó debían estar del otro lado, llegando a la ciudad, no abandonándola. De lejos vimos el coche colgado de una grúa bajo las luces de una patrulla.

¿Y el hijo?

Un pánico mudo nos recorrió el cuerpo. Cruzamos la eternidad en tres kilómetros: y ahí estaba el hijo. Inmensamente vivo, entero, agitando los brazos. Y ahí estaba, indeleble, fortuita: la felicidad.

¿Cómo agradecer ese instante? ¿Qué premio de cuál lotería nos lo dio un jueves cualquiera? No se busca la felicidad: se encuentra.

Quizás lo más inquietante de todo lo suyo es que mil veces resulta imprevisible.

Ayer pasé la tarde sola en mi casa. A las nueve de la noche aún no había oído a nadie llegar. Estuve un tiempo largo frente a la computadora, entretenida con sus letras haciendo las mías. Ni un solo ruido. Semejante silencio comparado al trajín que agobia las mañanas me pareció una humilde manera de vislumbrar la felicidad.

Abrí el correo electrónico: varias cartas, dos contraseñas. Una fue de mi hermana: "ven a Puebla, caminaremos", dice. Y dice tanto. La pienso. Ella nunca pregonaría: "¡qué feliz soy!" Es mucho más enigmática y mucho más clara que eso: sabe hacer felices a otros. ¿Quién puede lo segundo sin lo primero?

Como a las diez un cansancio sin alas me cayó en los párpados. Terminaba otro día de lluvia. Apagué la luz de mi estudio. El perro se levantó de su rincón, adormilado y perezoso. Dos chispas negras le juegan en los ojos y con ellas lo mismo se entristece que se encandila. Me siguió moviendo la cola sin causa cierta. Tiene el don de los perros: me hace creer que traigo en mí su felicidad. ¿Qué mejor podría darme?

Iluminé la escalera, canté el final de un tango. Me lo sé mal, pensé, pero me gusta. Arriba los cuartos estaban a oscuras. Yo querría que los hijos tuvieran diez años y me llamaran al terminar la *Historia sin fin*, para ver por centésima vez cuando el niño vuela sobre el mundo montado en su blanquísimo perro dragón. Ahí estuvo entonces la felicidad: en ellos, en el niño, en el sonriente dragón volando sobre nuestras cabezas.

Pero mis hijos han crecido tanto que de seguro el niño

del dragón ya tuvo un hijo. Y arriba los cuartos estaban oscuros. Caminé hasta la puerta del mío. "¿Ma?", llamó la voz de la cineasta que es Catarina cuando usa los anteojos, y también cuando no. En la penumbra de su cuarto estaba viendo la tele, con medio cuerpo sobre el sillón y el otro medio recostado en su novio. Me la encontré sin más, sin saber que ahí estaba. Hace tan poco tiempo que volvió dichosa, con una estrella pegada en la frente tras su primer día de colegio. Me la enseñó como una novedad. Yo supe, y sigo sabiendo, que ya la traía puesta el día que nació.

—¿Cómo andan? —pregunté para ocultar el pueril regocijo con que los descubrí como a un tesoro inesperado.

—Estamos viendo *La guerra de las galaxias* hasta sabernos todos los parlamentos. Te invitamos —condescendió conmigo como si la chiquita fuera yo.

¿Qué podía ser su voz sino la inexpugnable felicidad? Y otra vez, como tantas, le vi una estrella en la frente.

Dos frases célebres tiene mi madre: "la vida es difícil" y "no todo se puede". Sin decírselo ni decírmelo, yo he pasado la vida intentado probar la improbabilidad de sus decires. He hecho de todo con tal de que todo se pueda, he puesto cara de que no me duele lo que sí me duele, de que fue muy fácil lo que resultó tan arduo. Una y otra vez he caído de bruces sobre las dos certezas clave de mi madre, sin por eso dejar de empeñarme en que no tenga razón.

Hace unos días me despedí de su paz y su jardín para volver a mi ajetreo. La vi como siempre: hermosa, con sus setenta y ocho años y su espíritu indómito.

—Sabes madre, creo que terminaré dándote la razón. No sé bien cuándo, de momento pienso seguir en mi empeño, pero a la larga, lo veo llegar, acabaré aceptando que no todo se puede y que la vida es difícil. Hasta mi último día les pondré matices y reparos a tus dos grandes certidumbres, pero acabaré dándote la razón.

—Porque la tengo hija. Ni modo —sentenció serena y sonriente. Y tras la sentencia vi sus labios y el rabito de sus ojos y vi en ellos la complacida felicidad de quien convence a la inconvencible: no se puede todo, la vi pensar, pero hoy pude contigo. La besé para decir adiós. Y me sentí torpe y necesariamente feliz.

El señor de la casa entró silbando. Trae en la cabeza diez periódicos, cuarenta conversaciones cruciales, setecientos pendientes. Oigo sus pasos llegar y me doy cuenta de lo atrasada que ando en mis arreglos para ir a la cena. Me pinto las pestañas espantando al sueño como a un mal pensamiento. Tengo un letrero enmarcado que advierte desde siempre: "si me corretean me tardo más". Él nunca le ha hecho ningún caso.

Oigo subir el silbido y la danza del silbante. Lo que sigue es un "vámonos" como una sentencia. En un segundo los pasos andan el camino entre la escalera y nuestro cuarto, y el señor de la casa detiene el silbido: "¿Qué crees? —dice—. Se suspendió la cena".

Suelto el rimel y recupero el alma. Que no todo se puede, dijo mi madre, pero a veces se puede lo imposible, digo yo. Y entra la felicidad: discreta, imperceptible casi, a dar su guerra tibia.

No se busca la felicidad: se encuentra.

PASIÓN POR EL TIEMPO

No sé ni cómo, pero mi ventana se abre a la gloria de tres árboles. Dos enfrente, uno a la izquierda. El de la izquierda es un fresno inmenso. Está del otro lado de la calle, pero no importa, en los asuntos cruciales ha estado siempre aquí, a veces demasiado cerca. Hoy en la tarde, que de pronto se ha hecho clara cortando su camino a través de una polvareda, alrededor del fresno vuelan decenas de pájaros jóvenes. Parece que andan adiestrándose en el arte, porque salen de entre las ramas y cruzan tramos breves, luego dan la vuelta y recalan en el árbol. Hacen lo mismo una vez tras otra mientras el cielo, que asombra de tan claro, empieza a volverse rojizo. Cerca ha salido una luna pálida, casi transparente. Uno diría que la tarde es inaudita en una ciudad como esta. Pero no lo es. Se repiten las tardes así en esta ciudad tan apretada de tan fea o tan bella que aquí estamos apretados. ¿Quién mira la tarde aquí? ¿Quién se detiene a intentar asirla?

Yo sé, vanamente, que yo. Y sé que hay quienes. Incluso sé que hay quien las ama, quienes bajo ellas se aman.

A veces, de saberlo, tiemblo. Ya no está de moda vivir así. Soy una anticuada, una cursi, una perdedora del tiempo. Tengo pasión por perder el tiempo. Y tengo tantas pasiones por las que no dan título en la universidad.

Yo sé cuándo hay luna llena aunque la noche esté nublada, y sé por qué sale temprano a veces y muy tarde otras. No lo sé por astrónoma, sino por lunática. Del mismo modo en que no sé un ápice de ecosistemas, pero me angustia no mirar el horizonte para reconocer en cuál habito. Igual que me pasmo bajo las estrellas y deliro de furia porque aquí no se ven. Miro el tiempo alargarse entre las nubes, dicen que no existe. Lo bien creo.

Mi madre solía justificarme diciendo: "es que ella es muy intensa". Lo decía con toda la boca, entre asustada y compadecida. Otros lo piensan. No falta quien lo teme, quienes lo censuran y lo encuentran de plano muy, pero muy fuera de lugar. O de verdad aburridísimo, inapropiado y necio.

Afuera hay un ruido como el que debería decirse que hay en algún infierno. Se oye pasar una sirena, un avión y otro, una parvada de automóviles desde hace rato inmóviles. Todo el que puede tocar la bocina y quiere, la toca como si estuviera en una orquesta. Y eso sucede justo aquí afuera, en mi calle. Además, de la ciudad toda llega un incesante pavor al silencio.

Evoco el mar, la costa abriéndose al Caribe que se abre al infinito. Ese ruido sí que vale su escándalo. No atormenta, no cansa, no ensordece. Oigo a Chopin. Atormentado. Ése sí que era intenso. No yo. Pálida copia mal habida. Viviendo aquí, en la ciudad de México, en el año dos mil tres. Ya podría yo ser más actual. ¿Qué hago buscando cómo se cambia de color el cielo entre los árboles y la ventana? ¿Qué hago donde se acaba el horizonte al otro lado de la calle, justo donde un hombre gordo y atrabiliario ha tatuado en la pared de su casa un letrero que reza como si aullara de tan feo: "Centro Médico Oncológico"? ¿Qué hago?

Aquí vivo. Aquí ando buscándole a la vida todos los días una emoción cabal. Una tras otra las pasiones como si tuviera los veinte años de mis hijos. ¡Qué vergüenza!

"¡Carajo!", decía mi hermano Sergio por cualquier cosa, y digo yo por ésta.

"¿Qué tal? ¡Adiós! Me voy, me voy, me voy", dice el doctor Aguilar y dijo el conejo de Alicia mirando su reloj.

"¿Ma?", dicen mis hijos y rasgan el universo abriendo el tiempo en que eran niños y todo el tiempo era nuestro.

"Cuídate", dice alguien más para no decir más y dicen mis amigas que así dicen más.

"Me voy a meter en la carrera de los once kilómetros", dice Luisa mientras pica una cebolla para la sopa.

"¿Por qué nos regresamos de Cozumel?", pregunta el correo de Verónica mi hermana.

Fuimos a Cozumel y estuvimos de tal modo en la cuesta de la ola, que, en las noches, exhaustas, volvíamos a la casa de quienes nos prestaron el mundo con su mundo, y nos acostábamos a mirar las estrellas y a conversar hasta ponernos bizcas, para irnos a la cama con la beatitud entre los ojos. Fuimos a Cozumel, al mar cerrado y al abierto, a comer boquinete en la playa y la mejor pasta con los Arenal, tamales con doña Migue y horizonte en la casa de Nahíma y Pedro. A beber café con don Nassim, cambiarnos el color de la piel y contarnos desde los grandes amores hasta la mugre de las uñas. Fuimos a Punta Sur, a la laguna, a ver cómo anochecen los pájaros más dichosos de la tierra y los más impasibles cocodrilos. Al día siguiente nos perdimos en Chankanab sobre los peces de colores que nadaron bajo nosotros sin ninguna sorpresa, sin siquiera lo que debía parecerles nuestro insoportable fervor frente a ellos.

Cozumel es el sueño de un dios arrebatado por la paz y la perfección. Un sueño que en vano intentan arruinar a saltos las bocinas gritonas de alguna mala tienda. Cozumel todavía es un sueño, quizás siempre sea un sueño. Mientras yo viva, será uno de mis sueños, una de mis pasiones, uno de mis imposibles. ¿Por qué nos regresamos de Cozumel?

Supongo, me digo, que porque ahí no vivimos. Yo vivo aquí en el Distrito Federal y mi hermana, mucho más sabia, vive frente a los volcanes.

Yo aquí vivo porque esto elegí, no me tocaba vivir aquí. Vine a la ciudad de México movida por la pasión de sentir cosas. Y aquí podían estar todas las cosas. Sería presumido y mentiroso decir que vine porque la universidad, las oportunidades, una manera distinta de ver el mundo me esperaban. Vine a buscar. Y ni por atrevida ni por guerrera, sino por curiosa. Porque nunca he tenido claro lo que busco, siempre lo que me urge es encontrar.

Esta ciudad ya era horrible y bellísima hace treinta años. No es ninguna sorpresa que no exista el horizonte ni en mi barrio ni en ningún otro. No existían desde entonces. Sólo sucede que la ciudad ha crecido en horrores tanto como le brotan maravillas. La verdad es que los jóvenes de entonces tenían un toque divino parecidísimo al que tienen los de ahora. Sólo que entonces yo estaba entre ellos y ahora estoy sólo para tenerles devoción. Algunos viejos había entonces que aún añoro, a pesar de que ahora tanta gente se enferma y envejece porque siempre son muchos los que se nos parecen. Hay que estar embarazada para notarlo. Nunca mira uno tantas mujeres preñadas como cuando lo está. Por todas partes hermosas mujeres barrigonas a las que entonces yo veía más bien horribles. Eran preciosas, lo sé ahora. Igual que lo es la vida en todo el que la tiene. Ni se diga en los viejos, en cuyas filas empiezo a formarme: los de setenta ya dicen frente a mí: "en nuestros tiempos" y se refieren también a "mis tiempos" cuando lo dicen, aunque yo tenga veinte, dieciocho años menos.

Para conversar y escribir me he vuelto una anciana en el asunto de que las cosas tengan alguna lógica. ¿No estaba yo contando cómo vuelan los pájaros? ¿Dije que algunos tienen la cabeza enrojecida?

Se hizo la noche clarísima y yo aún sigo pensando en las pasiones. ¿Qué haría uno sin pasiones? Yo, morirme, porque mi pasión crucial es andar viva. Por eso tengo tan poco sentido de lo que significa perder el tiempo. Mientras por aquí yo ande y mi ventana se abra a la gloria de tres árboles en los que duermen hasta otra luz cientos de pájaros, tendré siempre pasión por soltar el tiempo como quien juega arena entre las manos.

ÍNDICE

No oigo cantar a las ranas 9

El abuelo del siglo 15

La casa de Mané 23

No temas al instante 27

Entre lo inverosímil y catedral 31

Si sobrevives, canta 39

Valientes y desaforadas 45

Lo cálido 49

La Plaza Mayor 53

Escenas de la alborada 57

Las mil maravillas 63

Dos alegrías para el camino 69

Invocando a la seño Pilar 73

Una voz hasta siempre 77

Réquiem por unas margaritas 81

Divagaciones para Julio 83

Nada como las vacaciones 89

Planes para regresar al mundo 97

Jugar a mares 101

Fuera de lugar 105

Si yo fuera rica 111

¿Quién sueña? 115

El cielo de los leones 121

La ley del desencanto 125

Una pasión asombrada 131

Nueva York con luciérnagas 137

Fiel, pero importuna 143

La intimidad expuesta 149

Don Lino el previsor 155

Tercas batallas 159

Volando: como las ballenas 169

Celestes resplandores 175

Parábola para un cumpleaños 183

Canto para la vejez 189

Delirios y ventura de los desventurados 199

Territorio mítico 205

Igual que un colibrí 215

Pasión por el tiempo 221